加速世界

Accel World

12 紅色徽章

川原 礫

插畫 / HIMA

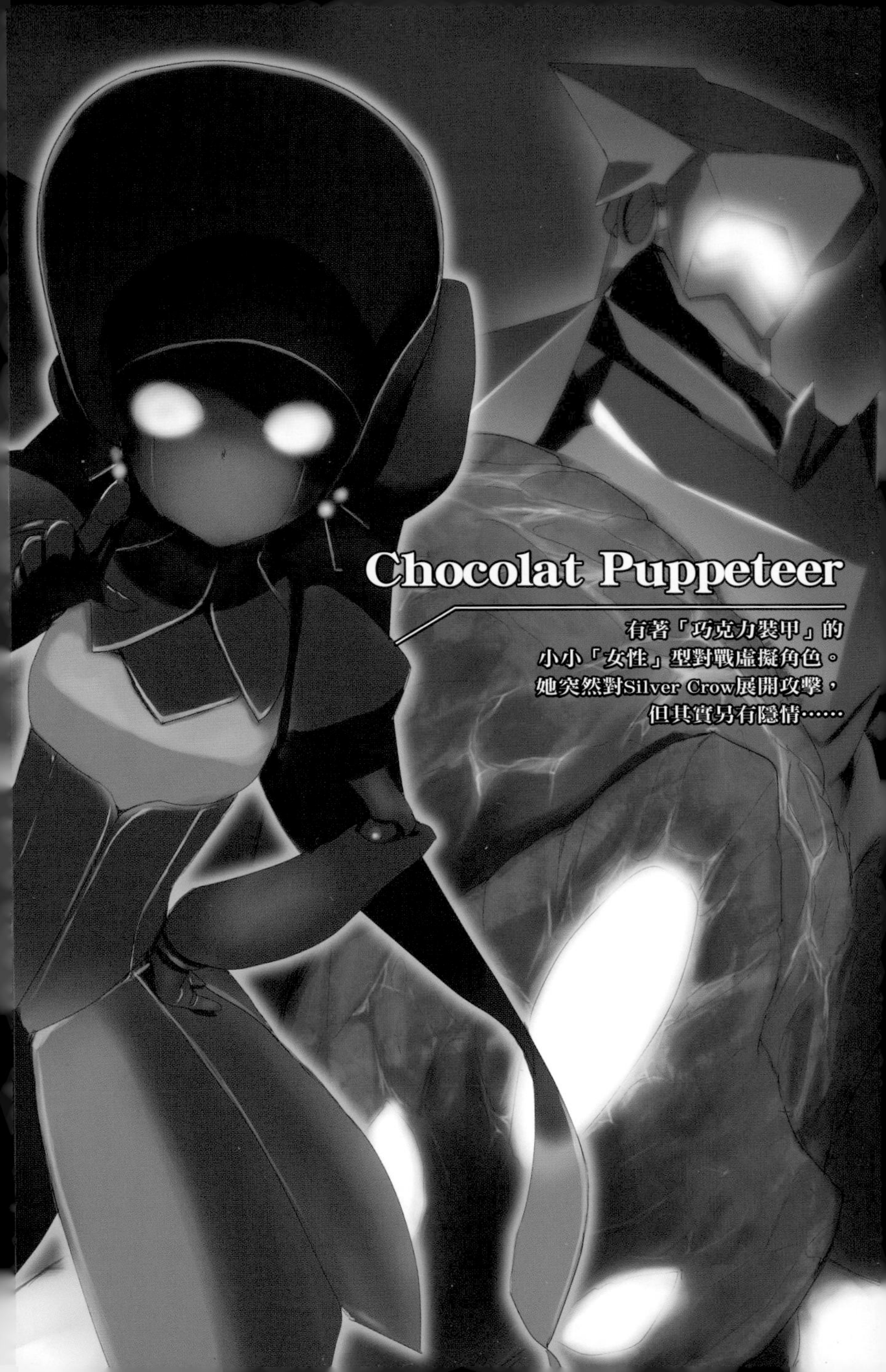
Chocolat Puppeteer
有著「巧克力裝甲」的
小小「女性」型對戰虛擬角色。
她突然對Silver Crow展開攻擊，
但其實另有隱情……

「你問我這身顏色是不是真的巧克力？
超頻連線者看到我，幾乎都會這麼問。」

「我很期待……貴校的校慶。
家兄，一定也是一樣。」
綸
在貴族女校上學的
超頻連線者少女。
對春雪抱有好感。
對戰時意識的主導權
會轉移到哥哥
「Ash Roller」上。

「……春雪……我可以坐到你旁邊去嗎？」
黑雪公主
控制「黑之王」Black Lotus的梅鄉國中學生會副會長。
『我不管什麼時候，不管發生什麼事，都會陪在學姊身邊……』
春雪
國中校內地位金字塔最底端的少年。
是黑雪公主所率領的新生「黑暗星雲」團員，
對戰虛擬角色是「Silver Crow」。

楓子

參加「黑暗星雲」的
超頻連線者「Sky Raker」。
傳授春雪「心念系統」，
是他的師父。

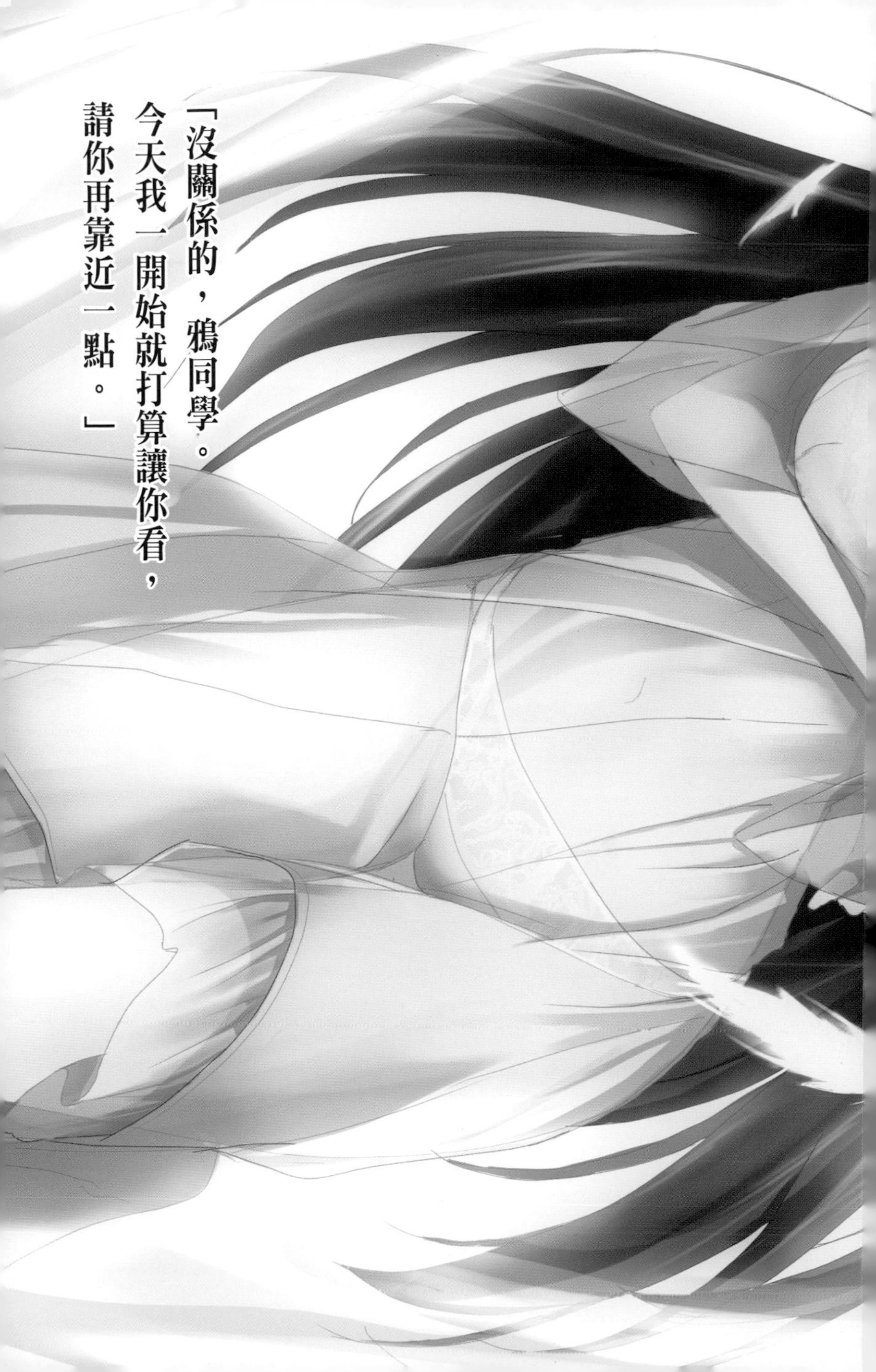
「沒關係的，鴉同學。
今天我一開始就打算讓你看，
請你再靠近一點。」

[illegible]

■黑暗星雲

└Silver Crow
飛行（Aviation）
？　（？）

└Cyan Pile
穿孔（Perforation）

└Lime Bell
召喚聲響（Acoustic Summon）

└Black Lotus
終結劍（Terminate Sword）

■日珥

└Cherry Rook
鉤索（Wire Hook）

└Blood Leopard
奪活咬（Vital Bite）
奪氣咬（Mental Bite）

└Scarlet Rain
視覺增強（Vision Extension）

■獅子座流星雨

└Frost Horn
結冰滑行（Icy Slide）

└Tourmaline Shell
壓電裝甲（Piezo Armor）

└Blue Knight
阻斷痛覺（Pain Killer）
無限驅動（Limit Surpass）

■宇宙秘境馬戲團

└Yellow Radio
平衡感覺（Equilibrium）
特技（Acrobatics）

■長城

└Bush Utan
伸縮剛臂（Longer Hanger）

└Olive Glove
油膜裝甲（Oil Coat）

└Ash Roller
牆面行駛（Vertical Climb）

└Green Grandee
加倍奉還（Double Payback）

■震盪宇宙

└Ivory Tower
無影（Under Cover）

■加速研究社

└Argon Array
穿透射線（Transcend Ray）

└Black Vice
潛影（Shadow Lurker）

■其他

└Magnesium Drake
噴火（Flame Breath）

└Orchid Oracle
幻視（Hallucination）

└Mirror Masker
理論鏡面（Theoretical Mirror）

└Wolfram Cerberus
物理無效（Physical Immune）
？　（？）
？　（？）

加速世界

Accel World

12 紅色徽章

川原 礫

插畫 / HIMA

Kadokawa Fantastic Novels

■黑雪公主＝梅鄉國中的學生會副會長，是個清純又聰慧的千金小姐，真實身分無人知曉。校內虛擬角色為自創程式「黑鳳蝶」，對戰虛擬角色為「黑之王」＝「Black Lotus」（等級９）。

■春雪＝有田春雪。梅鄉國中二年級生，體型略胖，遭人霸凌。對遊戲很拿手，但個性內向。校內虛擬角色為「粉紅豬」，對戰虛擬角色為「Silver Crow」（等級５）。

■千百合＝倉嶋千百合。跟春雪從小就認識，是個愛管閒事又活力充沛的少女。校內虛擬角色為「銀色的貓」，對戰虛擬角色為「Lime Bell」（等級４）。

■拓武＝黛拓武。跟春雪及千百合從小就認識，擅長劍道，對戰虛擬角色為「Cyan Pile」（等級５）。

■楓子＝倉崎楓子，曾參加上一代「黑暗星雲」的資深超頻連線者。因故過著隱士般的生活，但在黑雪公主與春雪的勸說下回歸戰線。曾傳授春雪「心念」系統。對戰虛擬角色是「Sky Raker」（等級８）。

■謠謠＝四埜宮謠。參加上一代「黑暗星雲」的超頻連線者。名列「四大元素(Elements)」之一，是松乃木學園國小部四年級生。不但能運用高階解咒指令「淨化」，還很擅長遠程攻擊。對戰虛擬角色為「Ardor Maiden」（等級７）。

■神經連結裝置＝以量子無線方式與大腦連線，透過影像與聲音等方式，對所有感官都能提供訊息的攜帶型終端機。

■BRAIN BURST＝黑雪公主傳給春雪的神經連結裝置內應用程式。

■對戰虛擬角色＝玩家在BRAIN BURST內進行對戰之際所控制的虛擬角色。

■軍團＝Legion。由多名對戰虛擬角色組成的集團，以擴張佔領區域及確保利權為目的。主要軍團共有七個，分別由「純色七王」擔任軍團長。

■正常對戰空間＝指進行BRAIN BURST正規對戰（一對一格鬥）用的場地。儘管有著直逼現實的高規格重現度，但遊戲系統則與上個世代的格鬥遊戲相差無幾。

■無限制中立空間＝只允許４級以上對戰虛擬角色進入的高等級玩家用場地。其中的遊戲系統規模遠超出「正常對戰空間」之上，自由度比起次世代ＶＲＭＭＯ遊戲也毫不遜色。

■運動指令體系＝用以控制虛擬角色的系統，正常情形下對於虛擬角色的控制都由這個系統處理。

■想像控制體系＝透過堅定想像意念（Image）來控制虛擬角色的系統。運作機制與正常的「運動指令體系」大不相同，只有極少數人懂得如何運用，是「心念」系統的精要。

■心念（Incarnate）系統＝干涉BRAIN BURST的想像控制體系，引發超越遊戲格局之現象的技術。又稱做「現象覆寫（Overwrite）」。

■加速研究社＝神祕的超頻連線者集團。不把「BRAIN BURST」當成單純的對戰遊戲而另有圖謀。「Black Vise」與「Rust Jigsaw」等人都是這個社團的成員。

■災禍之鎧＝名喚Chrome Disaster的強化外裝。一旦裝備上去，就可以使用吸取目標ＨＰ的「體力吸收」與透過事前運算來閃避敵方攻擊的「未來預測」等強力技能，但鎧甲擁有者的精神會遭到Chrome Disaster汙染，進而完全受到支配。

■Star Caster＝Chrome Disaster所拿的大劍，有著兇惡的造型，但原本的外形可說名副其實，是一把意象莊嚴，有如星星般閃閃發光的名劍。

■ISS套件＝ＩＳ模式練習用（Incarnate System Study）套件的縮寫。只要用了這種套件，任何超頻連線者都能夠運用「心念系統」。使用中會有紅色的「眼睛」附在虛擬角色的特定部位上，散發出來的黑色鬥氣就是象徵「心念」的「過剩光(Over Ray)」。

■「七神器」(Seven Arcs)＝指「加速世界」中七件最強的強化外裝。包括大劍「The Impulse」、錫杖「The Tempest」、大盾「The Strife」、形狀不詳的「The Luminary」、直刀「The Infinity」、全身鎧「The Destiny」與形狀不詳的「The Fluctuating Light」

■「心傷殼」＝包覆對戰虛擬角色根源所在之「幼年期精神創傷」的外殼。據說若外殼格外堅固厚重，安裝BRAIN BURST後便會塑造出金屬色的對戰虛擬角色。

Accel World

「……總算輪我出場啦……」

1

春雪任由「暴風雨」場地的天空灑下的劇烈雨點拍打，茫然地聽著這句話。

說話的是這個倒在他身前不遠處，個子相對較小的對戰虛擬角色。他半個身體埋進呈放射狀裂開的路面，四肢癱成大字形，全身裝甲則是帶著點咖啡色的消光灰色重金屬。

春雪昨天放學後，在這個金屬色虛擬角色手下吃了徹頭徹尾的敗仗。儘管剛打完對戰時大受打擊，甚至流下懊惱的眼淚，但過了一晚後終於勉強振作起來。歷經一番特訓，今天就跑來打這場雪恥戰。

對戰進行的情形與上一場相反，春雪以利用對方攻擊力道，將對手摔向地面的戰法，將對手的體力計量表消減到只剩一成。但就在這時，發生了一個不可思議的現象。那就是這個仍然倒在地上不動的對手，以和先前完全不同的嗓音與口氣開口說話。

凡是成了超頻連線者的少年少女，都會得到BRAIN BURST程式賦予一層叫做「虛擬角色」

的虛擬鎧甲。而除了部分女性型以外，虛擬角色都沒有嘴巴與鼻子的形狀。

像拓武的「Cyan Pile」與黑雪公主的「Black Lotus」，都只看得到些許鏡頭眼的光芒。至於春雪的「Silver Crow」，更是整個臉孔部分都被光溜溜的鏡面面罩遮住。

眼前的對手，也就是這個充滿天才特質的神祕金屬色角色「Wolfram Cerberus」，也沿襲了這種設計走向。他的臉孔被狀似狼口的金屬面罩從上下兩方咬合包覆，只留下幾公分的空隙可以看到裡面的情形。

所以嚴格來說，其實沒有辦法確定倒在路面積水中的Cerberus所說的這句話，是發自哪個部位。通常遇到這種情形，都會推測是發自面罩遮住的嘴……但春雪卻強烈地直覺到了答案。

說話的……不是Cerberus的頭，而是左肩。

先前春雪並未特別注意，但抱著這樣的認知去看，就覺得Cerberus左右肩膀裝甲的形狀，與覆蓋住頭部的頭盔極為相似。同樣有著許多尖銳稜角直線往外突起的狼頭形狀，正中央也都有著一條仿狼牙劃成的鋸齒狀開口線條。

頭部的鋸齒線在幾秒鐘前還微微開啟，露出內側的眼睛，現在卻已經完全合上。

相對的，左肩的線則開了一公分左右，從中露出泛黑的紅光。好幾道從裝甲表層流過的雨水也染成同樣的暗紅色，看上去就像從野獸上下顎之間滴落的鮮血。

「……你是誰……？」

春雪以沙啞的聲音，對這個被他以拿手招式「四兩撥千斤（Guard Reversal）」打得體力計量表只剩一成的超頻連線者發問：

他得到的回應是一種像是金屬斷折聲似的竊笑：

「哼、哼哼，你問我是誰？Crow兄，你都把人打得這麼慘了，怎麼還問這種話？而且虧我還那～麼認識你呢。」

「認識我？……我們不是昨天才第一次對戰嗎……？」

春雪反射性地這麼回應後，才微微搖頭重新問過：

「不、不對，重要的是……你真的是剛剛跟我打的Cerberus嗎？我總覺得，好像……不是同一個人……」

「哼哼哼，那當然了，畢竟我們生來就是這樣。『Cerberus』這個單字的意思，你應該已經知道了吧？」

左肩裝甲閃爍紅光發出的這句話，讓春雪尖銳地倒抽一口氣。

腦海中閃過昨天晚上觀看Wolfram Cerberus對Frost Horn那場對戰時的記憶。當時Cerberus以驚人的速度和裝甲強度，對等級比他整整高出四級的Horn打得穩占上風，讓春雪看得瞠目結舌。當時湊巧在場的藍之團高階幹部Mangan Blade就告訴他一件事。

說Wolfram指的就是有著最高硬度的重金屬鎢。

而Cerberus則是希臘神話中的怪物Cerberus。

春雪從小就玩過一大堆完全潛行型的奇幻RPG，對這種怪物十分熟悉。那是一種有著三個頭的巨大犬型怪物，說是地獄的看門狗。

——三個頭。

想到這裡的瞬間，春雪才總算注意到這件事。

Cerberus的肩膀裝甲並不是「很像頭部」。

那就是頭。雖然他根本無從想像這種現象是什麼樣的運作邏輯所造成，但事實就是這個叫做Wolfram Cerberus的對戰虛擬角色，從一開始就有三個頭，所以誕生時才會冠上「Cerberus」這個名字。

一直到幾分鐘前還在和春雪對戰的那名開朗而有禮貌的少年，多半可以稱做Cerberus的第一人格。而現在和春雪談話，說話口氣比較粗獷的人物，則是第二人格。

「……Cerberus……」

聽到春雪下意識中發出的自言自語，Cerberus的左肩，也就是第二個頭，第三次發出笑聲。

「哼哼哼，你答對啦，Crow兄。雖然你未免太晚發現這件事，不過對你的招式我倒是可以給予讚美。畢竟你還是第一個在對戰中把我拖出來的啊。我很高興……這下我總算也能打一場了。」

聽到這句話，春雪才總算想了起來。想起這裡是中野第二戰區，也就是對戰空間。也想起Silver Crow和Wolfram Cerberus正在許多觀眾的見證下進行對戰。

「……我知道你有很多祕密了。可是……現在這些事都不重要。」

春雪說得堅毅，要將驚愕從體內趕走。

「一旦連線到了戰場上，該做的就是一心一意對戰。要聊天大可等我們下次都當觀眾的時候再聊。」

春雪朝視野上方的體力計量表瞥了一眼。Crow的計量表幾乎完全無損，Cerberus則多次被「四兩撥千斤」的手法重重摔向地面，只剩下一小段深紅色的計量表。

至於顯示在體力下方的必殺技計量表，則已經完全用光。這也就表示Cerberus那駭人的高性能特殊能力「物理無效（Physical Immune）」有效時間應該已經結束。從這個狀態下，只要瞄準裝甲縫隙部分攻擊就能造成損傷，這點是在昨天的對戰中就已經證明過的。

春雪俯視仍然倒在地上的Cerberus說：

「要是你不想站起來，我就直接結束這場對戰了。」

春雪右手五指併攏成銳利的劍刃狀，舉到肩上蓄勢待發。即使看到對方擺出攻擊動作，Cerberus仍然不動。雖然他嘴上說「終於可以打一場」，看來卻已經放棄了比賽。

又或者他是想等這場對戰結束之後再重新挑戰？如果真是這樣，那春雪要做的也就只有堂堂堂正正迎戰。BRAIN BURST有著「對同一個對手每天只能挑戰一次」的基本規則。之所以不是限定「與同一個對手之間的對戰」，就是因為設計者同意給予敗者立刻展開一場雪恥戰的權利。

「……嗤！」

春雪尖銳地呼喝一聲，手刀以全速刺向倒地的Cerberus咽喉。

銀光以幾乎追過雨點的速度閃過的那一瞬間。

Cerberus左肩上那條開口一直維持在一公分寬度的鋸齒狀線條，忽然大大張開。春雪在驚愕當中，了解到這條他本以為是「眼睛」的線條，其實卻是「嘴巴」。上下張開的金屬零件內部是充滿黑暗的空洞，深處迸出烈火般的深紅色光芒。

這道光染紅雨點擴散開來，碰上春雪垂直下刺的手刀。

「嗚嗚……！」

春雪不由得驚呼出聲。不是因為受到損傷，也不是手刀被格開，而是因為右手被一股不容抗拒的力量吸向Cerberus的左肩。攻擊的準星從沒有裝甲保護的咽喉，偏移到大大地張開的肩膀裝甲。

——那也只是換個地方打穿而已！

春雪發出無聲的吶喊，以全力試圖打穿裝甲內部發出紅光的黑暗。

然而……

沒有感覺。從手指、手腕到將近手肘的部分都沒入這團黑暗之中，春雪的右手仍然感受不到任何反作用力。沒有道理會這樣。Cerberus的肩部裝甲大小和頭部完全一樣，縱深頂多只有二十公分。也就是說，如果連手肘都沒入其中，那麼指尖理應早就從另一頭穿了出去。

一種極度「不舒服的感覺」，冰冷地從春雪的右手，沿著肩膀竄過背脊。

他以全力抽回仍要繼續插入的右手。手刀的突前動作停止，眼看就要從填滿「嘴」的黑暗中抽出之際……

牙齒咬合了。

嘎鏗一聲異樣的金屬聲響迴盪在整個空間中。音量壓過劇烈雨聲的聲響，讓站在中野大道兩側大樓屋頂觀看對戰情形的觀眾之間，掀起一陣交頭接耳的聲浪。

然而春雪無法意識到他們的聲音，甚至意識不到混在其中的Lime Bell的尖叫聲。因為一陣燒傷似的劇痛從他的右手下臂直灌大腦中央。正規對戰空間對於受到損傷時的痛覺回饋，控制在無限制空間的一半左右，但仍然讓春雪不由得從頭盔下低聲呻吟。

「嗚……！」

春雪一口氣喘不過來，睜開眼睛一看，Cerberus左肩裝甲尖銳的邊緣，已經從上下兩方牢牢咬住他的右手。

牙齒的部分刺穿Crow的金屬裝甲達兩公分以上，還在發出令人不舒服的咿呀聲越咬越深，春雪的體力計量表也跟著不斷地減少。

Wolfram Cerberus的裝甲色「鎢」在所有金屬當中有著最高的硬度。先前他幾乎都只將這種硬度用在防禦面，但在現實世界中，鎢主要的用途都在於製作工具，而且還是製作用來削切用的鑽頭或刀具。也就是說，這種用法才真正能夠發揮鎢的價值。

春雪判斷這樣下去裝甲會撐不住，於是強忍劇痛，握緊左拳。

接著看準Cerberus左肩附近露出的深灰色人體部分使出短拳。敵人的體力計量表只剩不到一成，只要打中三拳應該就能打光。春雪做出這樣的判斷，但Cerberus的右手卻搶在第一拳即將命中之際先有了動作，護住了脆弱的咽喉部位。春雪這一拳照打不誤，但受到對方以下臂堅固的鎢裝甲阻隔，幾乎完全無法造成損傷。

春雪能在這場雪恥戰中將Cerberus打得幾乎還不了手，是因為利用對方打擊力道，反將對方摔向地面這種廣義的摔技，讓「物理無效」的特殊能力失去作用。從這個方向推想，會覺得那麼只要把倒地的Cerberus抓來摔就好了，但既然一隻手被牢牢咬住，實行上實在也有困難。要是強行舉起右手，說不定反而會扯開傷口，受到更多的損傷。

——怎麼辦？我該怎麼辦？

春雪一邊空虛地以左手揮出效用薄弱的拳擊，一邊拚命思考。

從他在去年秋天成了超頻連線者以來，已經過了八個月以上，但這還是他第一次遇到能夠咬穿金屬裝甲的咬合攻擊。但如果只因為之前沒見過就束手無策，那麼到了6、7級的高等級境界後終究無法生存下去。無論什麼樣的攻擊，應該都一定有方法可以對應。即使處在右手被完全固定住，左手打出的攻擊也受到格擋的狀況，應該還是有妙計能夠扭轉乾坤……

——春雪。

這時腦海深處傳來說話的聲音。

——你的「以柔克剛」對上單純的打擊招式，應該會是有效的武器，但千萬不可以認為只靠這招就能取勝。畢竟對手不是只會重複同一種攻擊模式的公敵，而是兼具智慧與勇氣的超頻連線者。一旦對手知道打擊會被利用，應該都會立刻想別的辦法，例如改用摔技、拘束攻擊或是遠程攻擊……

說話的人當然就是春雪的「上輩」黑之王Black Lotus，也就是黑雪公主。然而她並未連線到這個戰場，即使她在，說話聲音這麼小，也會受到豪雨阻隔而傳不進春雪耳裡。這個聲音是來自春雪的記憶，來自他靈魂最深處的資料庫，那兒儲存了他敬愛的劍之主所給的教誨，甚至她所說過的每一句話。

——在這些招式之中，其實最難應付的就是看似不起眼的拘束類攻擊。因為拘束的運作方式五花八門，除了單純的物理拘束以外，還有著電擊、磁力、真空、黏液等多種阻礙移動的攻擊存在。就連老資歷的超頻連線者，也很難在第一次遇到每一種招式時，都能做出適切的對應。

——可是春雪，在整個加速世界裡，就只有你有著一種對應方式，能夠應付一半以上的拘束攻擊。回想一下你被黃之團的磁石虛擬角色吸住的那個時候。如果拘束不是屬於固定在地形上，而是固定在敵人自己身上……那麼飛就對了！只要拖著對手起飛，達到只靠摔落的損傷就能確定打倒對方的高度，至少就不會打輸。畢竟地面是最大的無法破壞物件，據我所知幾乎沒有任何人能在重重摔到地上之後還毫髮無傷……

「……！」

師父的這番話宛如一陣閃光，在不到零點一秒的時間內，就在春雪腦中播放完畢。

當這道閃光傳達到神經系統末端的瞬間，春雪已經展開了行動。

他舉起左拳，動作和先前無意義的揮拳一樣。Cerberus的第二人格，也就是這個可以稱之為「Cerberus II」的對手，仍然以右手繼續護住脆弱的咽喉。春雪不理他，拳頭繼續往下打，卻在途中張開手掌，牢牢抓住對手的右手腕。

「唔……喔！」

春雪大吼一聲，用力仰起上身。攻防進行到這裡，已經讓他的必殺技計量表幾乎全滿。他毫不保留地將這藍色的光輝灌進背上的金屬翼片。

銀翼唰的一聲張開。雨點一碰上以高速震動的翼片就當場粉碎，化為細小的霧氣。

「嘎嚕……」

Cerberus II用「嘴」咬住Crow的右手，似乎因而說不出話來，發出野獸般的低吼聲，但他似乎沒能做出放開咬合的判斷。看樣子II並未繼承到最初那個很有禮貌的少年——「Cerberus I」那天才般的對戰感覺。

春雪充分累積飛行能量之後，瞪著頭上的烏雲，一口氣朝地面猛踢。

當抓住敵人右手腕的左手與被咬住的右手都拉撐到底，立刻感受到一陣猛烈的衝擊。鎢的比重很重，所以他個子雖小，體重卻相當重，但並未達到足以壓過Crow翼片推進力的地步。

「喔喔……！」

春雪又吼了一聲，全力振動翼片，Cerberus陷進地面凹洞的身體應聲被拉了出去，順勢撕開豪雨急速上升。春雪順著十年前重新開發而化為高層大廈的中野太陽廣場往上全力飛行，衝擊波震得一片片大型的玻璃窗應聲粉碎。

春雪超越高度一百八十公尺的大樓，又上升了五十公尺後，轉移到懸停狀態。Cerberus的體力計量表所剩不多，只要從這個高度摔下去，肯定會當場扣光。

春雪用眼角餘光看著設定成戰場自動跟隨模式的觀眾出現在太陽廣場大樓的屋頂，接著放開了左手。Cerberus II的身體一歪，只剩咬住不放的右手支撐他全身體重，讓他留在空中。

「換人之前的你，第一次看到我的飛行時就做出了針對性的封堵。虛擬角色裡面的人格會改變，的確是很驚人，但看樣子實在不能說是變強啊。」

「……咕嚕……」

春雪這麼一說，咬住他手臂不放的Cerberus左肩就再度發出低吼。鉗子似的咬合力道消失，上下兩排牙齒的間隔距離固定不動，所以疼痛也不再那麼難以忍受。

因為站在Cerberus的立場，並不能咬斷口中（嚴格說來是左肩之中）的這隻右手。一旦咬斷這隻手，下一瞬間他就會無計可施地從兩百三十公尺高度摔下去。如果是摔在夠高的建築物而非地面，而且是以「物理無效」狀態摔下去，就可以拿地形物件當緩衝，即使計量表剩下不到一成，說不定也能活下去，但看樣子現在掌握主導權的Cerberus II並沒有物理無效的特殊能力。

寄生在肩膀裝甲的第二人格開始說話的現象，以及鎢製獠牙的咬合攻擊威力，都讓春雪大為戰慄，但就如先前春雪所說，只要冷靜判斷，就會發現人格交換前的I還比II來得難纏。Cerberus I對Silver Crow來說是最不好對付的敵人，然而換成以咬合攻擊為主武器的Cerberus II之後，反倒換Crow成了他的天敵。因為一旦咬上去的瞬間被Crow拖著離地，達到夠高的高度，之後頂多也只能拚個同歸於盡。

春雪好不容易分析到這裡，多少恢復了信心，再度朝著掛在他右手下臂不動的Cerberus開口：

「……你的『上輩』是誰？」

儘管怎麼想都不覺得對方會老實回答，但他就是不能不問。

今天的午休時間裡，黑雪公主與楓子幫春雪進行對Cerberus戰的特訓時，就提到了兩個令他陌生——而且可怕的字眼。

一個是「心傷殼理論」。

這是加速世界黎明期，由四眼分析者（Quad Eyes Analyst）Argon Array提倡的金屬色虛擬角色誕生機制。

另一個則是「人造金屬色計畫」。

聽說這個計畫的內容，就是應用心傷殼理論，刻意製造金屬色角色。黑雪公主等人不知道這個計畫是否付諸實行，但對於Cerberus太過突然的出現，以及他那怎麼想都不像1級玩家該有的可怕戰鬥力，似乎讓她們覺得不是出於偶然，而是背後有人刻意操弄。

黑雪公主要春雪透過戰鬥去弄清楚這一點。

儘管逼出了Cerberus的另一項特質，但春雪仍然沒有確切的把握，因此問他上輩是誰。

但他果然得不到言語回答。

這位神祕金屬色角色給他的回答，就是讓咬在春雪右手上的鎢製利牙發出好幾倍的壓力。

「嗚……！」

再度湧來的劇痛讓春雪發出呻吟，緊接著Cerberus的左肩灑出嘎啦一聲令人不舒服的音效，完全咬合起來。Silver Crow的右手在手肘下方被截斷，深紅色的損傷特效將四周的雨點染成鮮血的顏色。

部位缺損損傷讓左上方的體力計量表減少一大段，但這樣一來，這場對戰就以春雪獲勝收場。Cerberus II選擇自己摔下去來讓這場戰鬥閉幕，而不是被吊在空中逼問。

春雪將視線從計量表轉往下方，想見證對手的覺悟……

「！」

就在這時，春雪震驚得一口氣喘不過來。

Cerberus並沒下墜。

嚴格說來，當他咬斷Crow右手的那一瞬間，高度是降低了兩公尺左右，之後卻莫名地不再下墜，在空中靜止不動。春雪本以為是對方在他不知不覺間，用極細的絲線鉤住了什麼東西，但如果真是這樣，Cerberus應該會留在春雪的正下方。然而敵人懸停的位置，卻至少往前偏了一公尺以上。

春雪茫然睜大的眼睛裡，看不到任何敵人不往下墜的理由，聽覺卻捕捉到了一種令人不舒服的聲音。

喀啦、軋、咕嚕，一陣像是堅硬的物質被更堅硬的物質強行粉碎的聲響。仔細一看，Cerberus左肩的裝甲上下顎正在小幅度動作。聲音就是來自這個部分，也就是說，他是在咀嚼，咀嚼他咬下來的Silver Crow的右手。

這令人戰慄的聲響在短短幾秒鐘後就停止了。

接下來的現象更加令人戰慄。

Wolfram Cerberus的背上慢慢開始伸出左右各十片薄而尖銳的突起——那是翅膀。形狀和Silver Crow的翅膀一樣，但顏色幾乎完全透明，隔著翅膀還可以隱約看見中野站周邊的街景。看上去不像玻璃類材質，沒有實體，因為這對翅膀根本沒有彈開下個不停的豪雨。

然而即使屬於幻影，卻似乎還是可以提供升力。當這對透明的翅膀開始震動，Cerberus的身體就輕飄飄地上升。上升到和春雪同樣的高度後，又轉為懸停狀態。待在位於五十公尺下方處中野太陽廣場大樓屋頂的觀眾，這才發出了驚呼聲：

「沒……沒掉下來！他停在空中！」

「難道說，Cerberus也是完全飛行型……？」

「不會吧？不但物理無效，還連這種能力都有？」

這些叫聲和八個月前春雪第一次飛行時聽見的呼聲十分相似。春雪什麼話都說不出來，僵在原處不動，Cerberus就對他丟出短短的一句話：

「你放心吧，我和他不一樣，我的能力不是『掠奪』。」

這句話裡引含了重要的資訊，但春雪意識不到這一點，只呆呆地複誦一次：

「不是……掠奪……？」

「對，是『複製』……不過就算我的能力真的是『掠奪』，應該也輪不到你說三道四，因為你從我身上搶走了最重要的東西。」

「……你說我從你身上搶走了什麼東西？」

春雪的思考能力終於回復到七成左右，以沙啞的嗓音這麼問，而得到的答案又出乎他意料之外。

「剛剛你問我上輩是誰，我不能回答，但這個問題我就回答你吧。你搶走的，應該可以說是我的『存在目的』吧。」

「存在……目的……」

「沒錯。我本來的能力有一半以上都被封印，現在擁有的能力就只有一個，就是剛剛用過的『技能捕食』。因為我是為了某個目的而調整出來的。」

「調整……？你說的目的……是什麼？」

「很簡單，就是裝備上被你封印起來的那個東西……啊，再說下去大概還是會挨罵啊，而且時間似乎到了，畢竟我只吃到了一隻手的半截……」

Cerberus說到這裡的同時，背上的翅膀開始變得更加透明，就像溶解在雨中似的失去原形，成了朦朧空間當中扭曲的痕跡，最後終於消失。

灰色的虛擬角色身體一歪，就在即將開始自由落下之際，靜靜地丟出了最後幾句話：

「我們後會有期了，Silver Crow，今天我也就先退場了……還有，『一號』有一句話要我轉達。『跟你這場對戰打得很開心，這是我的真心話』……就這樣。」

接著這位充滿謎團的超硬度金屬色虛擬角色Wolfram Cerberus，就在大滴雨點的籠罩下往地面摔落。幾秒鐘之後，傳來一陣沉重的轟隆聲，右上方的體力計量表就此歸零。

即使看到【YOU WIN！】的火焰文字在視野正中央熊熊燃燒，接著顯示出戰績畫面，春雪仍然停在空中動彈不得。前不久Cerberus所說的一句話在耳邊一再重複播放。

——被你封印起來的那個東西。

封印起來的……那個東西

春雪極其明瞭地直覺到這句話所指的是什麼東西，但要在腦中具體浮現出這個事物，卻讓他大為遲疑。

對戰結束的同時，對戰空間的豪雨也變小，中野太陽廣場大樓的屋頂傳來觀眾的掌聲與歡呼聲——儘管摻雜了些許困惑的聲音——但春雪連這些聲音都意識不到。

2

即使解除加速，意識回到沿著青梅大道往東行使的ＥＶ公車上，春雪仍然茫然地看著自己的右手良久。這一戰固然雪恥成功，勝利的快感卻被拋到九霄雲外去了。

這時一根食指忽然從右側伸來，按住了春雪神經連結裝置側面的全球網路連線切斷鈕。告知斷線的對話框在視野中浮現又消失，露出千百合揚起眉毛的臉孔。

「小春，你發什麼呆啊？要知道這裡是中野耶，對戰打完以後要是不趕快下線，不就馬上會被人挑戰了嗎？」

「對、對喔……不好意思，謝啦……」

春雪一道謝，他的兒時玩伴就扭轉雙眉的角度，微微歪了歪頭。

「……你到底怎麼啦？明明打贏了，怎麼一臉吃到醃茄子的表情？」

接著另一個兒時玩伴——拓武也從千百合後頭探頭，小聲說：

「把他逼到只剩一成以後，事情好像變得很出乎意料之外……小春，原因是出在這裡嗎？」

接著坐在春雪左邊的四埜宮謠也在空中打著投影鍵盤：

【ＵＩ＞在我看來，對手似乎打到一半換了另一個人上陣。雖然說系統上這種事情應該是不可能的……】

春雪凝視顯示在視野下方無線聊天視窗當中的櫻花色字串，深深點了點頭，然後用只有坐在公車最後排的自己人聽得見的音量說：

「我覺得四埜宮學妹所說的事情……是真的發生了。Cerberus也說今天要回去了，詳細情形等回到杉並再說，我們還是先換車吧。」

眾人在下一個公車站牌下車，從不遠處的紅綠燈過馬路，幾分鐘後搭上了開往反方向的公車。公車短短幾分鐘內就開過中野與杉並的界線，四人再度將神經連結裝置連上全球網路之後，就在高圓寺陸橋的路口下了車。雨還在下，所以眾人各自撐起了雨傘。

「……那，現在怎麼辦？要去小春家嗎？」

聽千百合這麼問，春雪思索了一會兒。要談論BRAIN BURST相關的話題，常去的有田家客廳肯定是最安全的地方。然而他所住的公寓大樓要從中央線高架橋下穿過，和謠的家處於反方向。他實在不忍心讓才國小四年級的小女生在雨中來回走上兩公里，即使她穿著可愛的深紅色長靴也不例外。

「嗯，要是這附近有地方可以坐下來好好說話就好了……」

他說到這裡，千百合就滿臉甜笑插嘴說：

「那就決定去『圓寺屋』囉。那邊的榻榻米包廂還挺安全的，而且小春也答應要請我和小拓了。」

「呃，在圓寺屋請客會發生國家財政級的問題……」

「啊哈哈，開玩笑的，開玩笑！你們等等，我先查一下。」

千百合笑了一陣，手指在虛擬桌面上比畫幾下。她是在連上這家店的網站，查閱即時座位資訊。

「喔，Lucky！靠裡面的包廂空著，我就預約下去了。」

千百合按下只有她看得見的按鈕，接著揮開視窗後，就蹦蹦跳跳地喊說：

「快點快點！那家店的快速預約是遲到五分鐘就會被取消的！」

「圓寺屋」是一家小小的日式甜點店，位在從青梅大道往北的岔路走上一小段路的地方。由於店門用的暖簾是胭脂色，本來還以為店名就是取自這個意思，其實卻只是從「高圓寺」省略而來——這件事只有長年的熟客知道。（註：日文店名為「えんじ屋」，「圓寺」或「胭脂」的讀音皆為えんじ。）

店內由一名搞不清楚是三十幾歲、四十幾歲，還是五十幾歲……總之就是一名年齡不詳的男性店長，以及一位大概是二十幾歲的大姊姊經營。餡蜜（註：由紅豆膏、紅豌豆、寒天、粉圓等材料做成的日式甜點）與紅豆寒天等傳統日式甜點都應有盡有，卻又有著十種以上的義式冰淇淋、鬆餅、自製起司蛋糕，甚至連巨大聖代都列在菜單上，讓人很難判斷這家店到底是道地還是沒有節操。去年秋天，拓武與春雪為了「開後門程式事件」去和千百合道歉時，她就指定要讓她這家店愛吃多少聖代就吃多少作為和解條件，讓兩人的財政差點崩盤，這段記憶如今想來可說既悲戚又懷念。

但當事人卻似乎早就忘了這種事——又或者是好意假裝忘記，總之她一走到店內靠裡的榻榻米包廂，對投影菜單也沒怎麼仔細看，就開朗地喊說：

「呃，我要點湯圓黃豆粉聖代加紅豆泥！」

「快吃晚餐了，吃這麼多不要緊嗎……」

春雪忍不住吐槽，就聽到她得意地「哼哼」笑了兩聲後回答：

「別小看運動性社團的人。我的基礎代謝可跟小春你不一樣。」

「對、對不起……呃，我點生巧克力義式冰淇淋加核桃。」

「小春從以前就是這樣，每次來這裡都點這個。我呢……就選紅豆寒天吧。」

這次換成拓武苦笑，讓春雪撇開臉去鬧著彆扭說：「有什麼關係？我就是喜歡嘛」，結果又和笑嘻嘻看著他們三人互動的謠目光交會。一看到她以跪坐姿勢坐在坐墊上腰桿挺得筆直的模樣，昨天的記憶就在春雪腦海中閃現。

昨天春雪結束委員會活動之後，在謠的邀請下去到四埜宮家，當時謠就以同樣的跪坐姿勢告訴他幾件重大的事情。包括謠所處的能樂世界，以及她的哥哥兼「上輩」超頻連線者「Mirror Masker」那令人悲傷的命運……

謠彷彿從春雪臉上短暫閃過的表情看出了他的心思，加強臉上的笑容後快速打字：

【UI＞我還是第一次來這家店。請問有什麼推薦的種類嗎？】

春雪看到顯示在聊天視窗上的文章，但謠那不像國小四年級生該有的鎮定模樣，比她提出的問題更加吸引了春雪的注意。

仔細想想，貴族女校松乃木學園國小部，應該會禁止學生放學途中在沒有大人陪伴的情形下飲食。但謠第一次來這種店卻能這麼鎮定，理由多半是因為她年紀雖小，卻已經習慣獨自一人用餐或購物。

昨天才首次得知謠的家庭環境，但這些記憶才正要從腦中甦醒，春雪就強行揮開這些念頭，笑著回答：

「呃……如果是第一次來，應該還是點餡蜜吧？」

這句話立刻得到千百合的追加核可：

「餡蜜才是日式甜點店的基本啊！」

【ＵＩ＞基本的確很重要。那我就選這水果餡蜜。】

謠用小小的手指在投影菜單上觸控，接著按下完成點菜的按鈕，就看到穿著和服的大姊姊端著放有冰水與濕毛巾的圓托盤出現。她親切地招呼來光顧了五年以上的春雪等三人，對第一次來的謠則很有禮貌地說了聲歡迎光臨，接著就回到廚房去。

這一帶的學生之中有人說，日式甜點是店長做的，西式則是大姊姊做，也有人說剛好相反，但真假並無定論。甚至也有人說在廚房裡面看到機器甜點師，或說這家店的甜點全都是經由神經連結裝置製造的錯誤知覺資訊，這些應該就是開玩笑了。

唯一可以肯定的，就是這位大姊姊穿著胭脂色和服，披上純白圍兜的制服，以及她那看似二十幾歲的外貌，都是從以前就不曾有絲毫改變。

點完餐點，一起喝了一口水之後，三人的視線集中到了春雪身上。

「……那，小春，情形到底是怎樣？」

店裡只有兩名年紀大的客人坐在吧台座，以及三名像是主婦的客人坐在靠入口的餐桌。從年齡上就可以確定他們不可能是超頻連線者，但為防萬一，千百合還是放低了音量，而春雪則一邊回想先前的對戰一邊開口：

「呃……一直到他的體力被我打掉九成為止，情形就像大家看到的那樣。可是……等他倒地後過了一會兒……原本頭上的面罩閉上，換左肩上的裝甲板張開。然後……說來你們可能沒辦法相信，他的左肩說話了。他說：『總算輪我出場啦』……」

等到春雪又花了五分鐘，好不容易把事情經過大致說完，他們點的甜點正好就在這時送上。大姊姊把盤子擺到座位上，說了聲請慢用就退開，緊接著四人立刻伸手去拿湯匙。

千百合以奇蹟般的平衡感覺，同時舀起湯圓、冰淇淋和紅豆泥，大口吃了進去，幸福到了極點的表情持續了五秒鐘左右之後，才又重新擠出皺眉頭的表情問說：

「嗯、嗯嗯……總覺得事情越聽越誇張了。如果只是『極端的人格轉變』，倒是有仁子那樣的前例……」

「仁子的『天使模式』怎麼看都是演的吧？」

春雪一邊品嚐摻了滿滿生巧客力的義式冰淇淋一邊苦笑。

「Cerberus改變的程度實在不像演出來的。而且從他的口氣聽來，似乎是因為整整有三個人格，才會帶著『Cerberus』——也就是『地獄三頭犬』的名稱誕生。而且等換成左肩之後，他用的特殊能力也跟著變了……」

「那，除了最先跟小春打過的Cerberus I和左肩的Cerberus II之外，還有Ⅲ存在了？」

拓武一邊用漆器湯匙舀起紅豆寒天一邊這麼問，春雪想了一會兒後點點頭回答：

「直接照這個方向推想，多半右肩就是Cerberus III吧。I客氣，II囂張，Ⅲ是什麼樣子就沒辦法想像了。」

「我投老人語氣一票。」

「竟、竟然是老頭路線？光想就覺得很不好打啊……」

「如果真是這樣，特殊能力一定是『醉拳』吧，按照格鬥遊戲的傳統。」

三人聊得有點離題，就看到之前一直以認真的表情品嚐水果餡蜜的謠，很有規矩地先放下湯匙，這才開始在投影鍵盤上打字：

【ＵＩ＞一個對戰虛擬角色身上有著三個人格，說來的確驚人，但有一件事讓我更好奇。】

她依序看了看春雪等人的臉，接著繼續打字：

【ＵＩ＞就是Cerberus提到『被鴉鴉封印的那個東西』這回事。我想……只有一個東西符合他所描述的內容。】

「……嗯，我也這麼覺得……」

春雪看著右手上有點像古董的湯匙那微微泛黑的銀色這麼說。

「……『災禍之鎧』……『The Disaster』。如果Cerberus II說的話是真的，那他就是為了裝備那件鎧甲而誕生的。」

「一想到如果這件事成真會怎麼樣，就覺得毛骨悚然啊……要是本來就已經超硬的鎢，加上鎧甲的多樣性防禦能力，可就不只是物理無效這麼簡單了。」

「多虧小春和小謠努力淨化了鎧甲，真是宇宙ＧＪ的說。」

千百合這句話摻有Ash語和Leopard語，讓其餘三人忍不住笑了出來。

東京中城大樓有神獸級公敵——大天使梅丹佐把守，攻略這個公敵的關鍵就在於學會「理論鏡面」特殊能力，但這個任務並無進展，讓事態難以收拾。然而心情上卻不至於太過沉重，這都多虧有這群軍團朋友總是陪在自己身邊。想到這裡，春雪就在內心深深感謝。

但他立刻又想到，事情也許並非這麼簡單。

雖說時間短暫，但他的飛行能力確實被這個神祕的強敵複製。這樣的狀況和大約三個月前「掠奪者」Dusk Taker出現時十分類似。然而春雪並未感受到當時那種幾乎壓得他喘不過氣來的沉重壓迫，相信理由一定是……

「……Cerberus的人格會切換，又知道『鎧甲』的事，我想他的確是個應該要提防的對手。可是……我，該怎麼說……就是不討厭他。我不討厭Ｉ……大概，也不討厭Ⅱ。」

春雪說到這裡，千百合就連連眨著眼問說：

「你被他咬掉一隻手，卻不討厭他？看上去超痛的耶？」

「痛當然是會痛啦，可是……那是他正當的能力。並不是像Dusk Taker或Rust Jigsaw那樣用ＢＩＣ作弊。昨天被他痛宰的時候當然是懊惱得想哭……可是，我不會覺得他可恨。我想今天打輸我的Cerberus，一定也是一樣，所以他最後才會說『很開心』。」

春雪拚命尋找詞彙說話，說著說著，生巧克力冰淇淋已經變得相當軟，讓他趕緊用湯匙把剩下的冰淇淋都弄在一起，結果……

坐在春雪右邊的千百合突然在他背上用力一拍。

「噗哈！妳、妳做什麼啦！害我噴掉一片杏仁！」

「我在誇獎你，別在意這種小事！」

「我、我總覺得一般人好像不會打別人的背當作誇獎……」

「那要換成拳頭嗎？」

「不、不要啊！」

拓武與謠聽著他們兩人的對答聽到這裡，同時噗嗤一聲笑了出來。千百合與春雪也受到感染，讓圓寺屋的包廂籠罩在和樂融融的笑聲中。

——Wolfram Cerberus一定還有別的祕密。他是否就是學姊所說的「人造金屬色角色」，我現在也還無法判斷。

——可是，只要繼續打下去。只要繼續多打幾場卯足全力的對戰，相信無論是什麼樣的盤算，總有一天會燒得乾乾淨淨。畢竟我們最根本的本質還是超頻連線者。

春雪把心中這樣的念頭，和著最後一口冰淇淋一起咀嚼。並在微微苦澀的滋味消失的同時，朝其餘三人宣告：

「至少這週內梅丹佐攻略作戰應該不會展開行動，我明天放學後也打算去一趟中野第二戰區。不管是挑戰還是被挑戰，我都要再跟Cerberus打。雖然下次多半沒辦法贏得像今天這樣輕鬆……可是，輸了也無所謂。畢竟就是有輸有贏才叫做『對戰』。」

結果拓武與千百合微笑著點點頭，唯有謠露出略顯擔心的表情，在桌上動著手指打字。

【UI＞有田學長的志氣我很佩服……可是，這樣真的好嗎？考慮到等級不同，如果打贏和打輸的場次一樣，點數收支上可是會虧損很多的。】

「嗚！」

聽她這麼一說，就想到的確如此。春雪注意到自己完全忘了BRAIN BURST的基本規則而呆住，千百合又在他背上拍了一記：

「……要獵公敵補充點數的時候記得叫我一聲。要是我有空又有精神，就陪你去打一打。」

「我也是，只要是劍道社練習比較早結束的日子就會奉陪。」

【UI＞那我也是只要功課寫完就奉陪。】

「……謝謝你們。」

春雪也只能這麼說了。

春雪和謠走出圓寺屋後道別，和拓武則在自家公寓大樓的電梯間道別，和千百合兩個人一起搭上高速電梯。

「對了，『理論鏡面』的事情怎麼樣了？」

突然被問到這件事，讓春雪不由得目光遊移。

「嗯、嗯……好像找到了一點頭緒，又好像沒有……」

「這是怎樣？有夠不乾脆的。Cerberus當然是很令人在意啦，可是對小春來說，訓練特殊能力才是優先課題吧？」

「……說優先也好像是優先沒錯啦……」

春雪含糊地這麼一答，就有兩根手指從旁伸來，用力捏起春雪的右臉頰。

「妳、妳握額喔啊？」

「我最～討厭放著一堆案件不去解決，越積越多。像待辦事項要是堆到五件事以上，我就會很煩躁。」

「咦咦……像我幾乎從來沒有低於十件過啊……」

說著不經意地打開虛擬桌面上的待辦事項清單APP，就看到他所言不虛，果然登記了十二件之多。前三件是今天出的功課，倒還算是無可奈何，但第四件的「申請校慶招待來賓用的門票」則是從上週拖到現在。不過話說回來，就是因為並未立刻回答沒有來賓要招待，昨天才能去邀日下部綸……

「……你沒事幹嘛笑得這麼噁心？」

右臉頰被她更用力拉扯，讓春雪趕緊連連搖頭。

「沒、沒額喔啊！」

所幸電梯這時抵達了二十一樓，眼前的門打了開來。

「那、那小百，我們明天……」

「我還沒說完。」

千百合一臉不高興的表情這麼說完，就牽著春雪的臉頰走到走廊上，春雪也就必然非跟去不可。

「喂、喂，我家在二十三樓……」

「我當然知道！還有一種情形我也很討厭，就是事情只講到一半。接下來的部分就到我房間去講吧。」

「咦、咦咦？」

春雪嚇得正要退開，電梯的門就在他背後關上。

時間已經過了下午六點，所以一踏入倉嶋家的大門，一陣迷人的聲響與香氣就在春雪的五感上打個正著。

——這柔和中帶著點清爽酸味的氣味，一定是糖醋排骨！

春雪忍不住在腦內進行這樣的推理，走廊左側的門已經打開，千百合的媽媽百惠探出頭來：

「妳回來啦……哎呀，小春！」

春雪對雙手握緊湯杓呼喊的千百合媽媽鞠躬打招呼說：「打、打擾了」，立刻就換來了滿面的笑容與連珠砲般的歡迎：

「太好了，我正煩惱菜做得太多該怎麼辦呢。每次做糖醋排骨和八寶菜都會這樣，這都要怪中式炒鍋太大了，一定是這樣。對了，記得糖醋排骨佐鳳梨小春你敢吃吧？這樣搭配不太受小千歡迎，不過誰叫主廚是我，有什麼辦法呢？」

「……我回來了。媽媽，妳鍋子不用去顧嗎？」

千百合小聲這麼一說，千百合媽媽就伸手掩嘴，喊了聲：「糟糕」就跑回廚房去。

千百合嘆了一口氣，從玄關墊高的地板櫃裡，拿出繡了立體小熊圖案的藍色拖鞋，放到春雪眼前。她自己則穿上粉紅兔的拖鞋，往前走上一步，讓出空間給春雪換鞋。

「……你要負責幫我吃鳳梨。」

「……遵命。」

春雪穿著有點太小的拖鞋，跟著千百合走向位於走廊底端的房間。

這個房間裝潢單純，但地板與床上放著許多五花八門的大型坐墊，和上次來的時候沒什麼兩樣。千百合將書包放到書桌旁，解開胸口的絲帶領巾，鬆了一口氣。

「啊啊，每天都下雨下得濕氣這麼重，都快受不了了。」

「現在是梅雨季，有什麼辦法呢？就當作是抽到原始叢林場地……」

春雪一邊在地板上的海星形坐墊坐下一邊這麼說，千百合就不苟言笑地回答：「我討厭那個」之後也不知道她打什麼主意，從床上扯下薄毛毯，突然蓋到春雪頭上宣告：

「你敢動一下，我就拿你去餵原始叢林的大蝸牛。」

「咦？這、這是怎樣？」

「叫你不要動還動！」

春雪只好任由視野被這件乳白色的毯子遮蔽，凍結在原地不動，立刻就聽到衣物摩擦的聲響。過了五秒鐘左右，才總算注意到千百合是在換下制服。

——妳、妳有沒有搞錯？

——好賊，都只顧自己，我也想換衣服啊！

正當春雪猶豫著不知道該喊出哪一種心聲，沒想到蓋在頭上的毛毯卻因為重量不平衡而慢慢往前滑落。如果是往後滑開，只要順手揪住披在身前的部分就可以固定住，但毛毯是往前滑落，就很難只用小小的動作阻止。要是動作太明顯，就會被她拿去餵巨大蝸牛。

外界仍在發生啪、颼之類的音效，讓他完全摸不透現在是什麼狀況。毛毯的邊緣終於抵達春雪的後腦杓，眼看越過頭頂也只是時間問題。

——這不能怪我，要怪就怪小百自己披的時候不顧好平衡！

春雪在內心這麼呼喊，等待最後那一刻來臨。大約五秒鐘後，毛毯嘩啦一聲落下，出現在眼前的光景……是千百合穿著白色短褲，正要把綠色T恤套到腹部的模樣。

這位兒時玩伴先定住手上的動作，以冰冷的目光看著春雪露出來的臉，放話說：

「真期待趕快抽到原始叢林場地。」

說著用力拉下T恤。

「……那，剛才的事情還沒說完。你覺得學得會這特殊能力嗎？」

被坐在床角的千百合這麼一問，春雪莫名地在海星坐墊上以跪坐姿勢坐好，正要說出和先前在電梯裡談到時一樣的含糊回答，但隨即打消主意，微微歪了歪頭說：

「這、這麼說有點難聽……不過真沒想到小百妳會這麼在意梅丹佐攻略戰的事情……」

「怎樣啦？誰教我也是黑暗星雲的一員嘛。」

「話是這麼說沒錯啦。可是這次的事情和Dusk Taker還有災禍之鎧不一樣，不是我們黑暗星雲自己的問題吧？我是覺得按照妳的思考模式，反而應該會罵六王說怎麼硬把這種難題塞給我們……」

春雪這番話讓千百合先露出一瞬間不知道該不該生氣的表情，接著才微微紅著臉說：

「不、不要講得好像你什麼都知道好不好？……雖然你說中了。」

「咦？」

「聽到七王會議的情形時，我還真的有點火大。覺得小春剛那麼努力淨化掉『鎧甲』，竟然就要把攻略神獸級公敵的先鋒這種辛苦的工作塞給你……不過啊，我好歹……也和小春還有阿拓，一起看過那個……」

春雪難得立刻察覺到她所說的「那個」指的是什麼。

就是在BRAIN BURST中央伺服器，別名主視覺化引擎當中見到的「ＩＳＳ套件本體」。那是一團從角落侵蝕美麗銀河的漆黑腦髓，將無數線路像血管似的擴張出去，連上包括拓武在內的套件裝備者，進行可怕的平行處理。那種光景即使想忘也忘不了。

「……我當上超頻連線者還不到三個月……雖然也有過很多難過的事情，可是，我喜歡加速世界。畢竟對戰打起來很開心，又交到了很多朋友。所以……我不要那個世界受到不好的東西侵蝕。既然小春主動想消滅ＩＳＳ套件，我就會支持你。畢竟我想我一定也有一些事情可以做……雖然我沒有光束攻擊。」

「……小百……」

春雪不由得一股熱流直往上衝，只能拚命壓抑。他雙眼連眨，深深吸一口氣，朝千百合低頭說：

「……謝謝妳。我也……我也很喜歡加速世界。梅丹佐我當然怕啦，可是既然我有可能抵擋住他的雷射，我就想努力看看。」

春雪說著抬起頭，露出得意的笑容：

「剛才我也說過，我多少找到了一點像是提示的東西。井關同學和四埜宮學妹教了我很多，而且和Cerberus的對戰，我也覺得可以發現重要的關鍵。我想，大概是不能只想著要把雷射彈回去。最極致的『鏡子』，一定不只是一塊反射率很高的板子。」

春雪說得忘我，沒能注意到他才說到一半，千百合的眼神就開始不斷冷卻。

「我說小春。」

「該怎麼說，這種鏡子不像是物理的存在，反而比較像是一種通道……咦？什麼事？」

「提到小謠就算了……為什麼這種時候會跑出井關同學的名字？你們的關係不只是都參加飼育委員會嗎？」

「咦……沒有，這個，呃……她、她只是拿鏡子給我看。她有超高級的小鏡子，跟販賣部賣的壓克力鏡子完全不一樣，我真的嚇了一跳，哈哈哈。」

「只不過是像樣點的鏡子，我明明也有！」

「說、說得也是……」

春雪雙手食指指尖磨蹭了一會兒，千百合突然從床上起身，從他眼前大步走過，一路走出了房間。春雪心想難道她是要去拿鏡子來，但這個房間也有很大的穿衣鏡。想著想著，不到一分鐘千百合就回來了。

她手上拿的不是鏡子，而是端著放有兩杯麥茶的托盤。她將其中一杯放到春雪眼前，說道：

「媽媽說晚餐大概還要再等十五分鐘左右，這樣應該夠了吧。」

「什、什麼事情夠了？」

「我昨天想了很多，想說有沒有別的方法練習反彈雷射。畢竟我們總不能每次都請仁子開主砲吧……然後我就想到了一個好主意。」

——我有不祥的預感！

春雪想歸想，卻說不出口。她雙手捧著冰涼的麥茶，吞了吞口水等她說下去。

「……光束攻擊也不是只有超頻連線者會用吧？畢竟像我們要對付的梅丹佐就會用了。這也就是說，只要找到會用雷射攻擊，等級又比較低的公敵，不就可以拿牠來愛怎麼練就怎麼練了嗎？」

「等、等等，等ing！就算說等級低，可是就連最小的公敵都超強的啊！」

春雪趕緊插嘴，千百合就聳聳肩膀說：

「可是前天特訓回家路上打的野獸級(Wild)就打得挺輕鬆的啊？」

「那、那個時候我們是八個人一起上，還有兩個『王』在啊！而、而且會用雷射攻擊的小型公敵，哪有這麼簡單就碰巧找……」

「可是呢各位看官！其實就是有。」

千百合用嘴角露出貓似的甜笑，彈響右手手指。

「而且棲息地點還挺近的，在世田谷第二戰區，所以如果用小春的翅膀，飛一趟就到了。」

「咦……已、已經發現了？妳是怎麼找到……是有人告訴妳的？」

春雪茫然這麼問，千百合就換上有點不好意思的笑容說：

「我不是說過我也有事情可以做嗎？我是想說在拜託別人之前，應該自己先找找看，所以昨天就在無限制空間裡晃了一下。結果這一找，就讓我找到一隻會發射雷射的小隻公敵。」

「妳……妳……」

春雪一口氣憋在胸口，以勉強不會讓房間外的人聽見的音量大喊：

「妳、妳怎麼這麼亂來！竟然單獨連線到『上層』……要是遇到危險的超頻連線者，或是被巨獸級(Beast)盯上，甚至可能陷入無限ＥＫ……」

「不用擔心啦，我有設定自動斷線定時器，而且你也不是不知道Lime Bell有多硬吧？再加上還有治癒能力，沒這麼容易弄成無限ＥＫ啦。」

「就算是這樣……」

春雪還想說下去……卻突然用力閉上嘴。

千百合……他從小就認識的倉嶋千百合，是個心情起伏很大，脾氣暴躁，但其實比誰都更努力的人。她會暗自拚命努力，即使歷經千辛萬苦，也不會表現在臉上，總是露出開朗的笑容。

她之前就說她為了成功安裝BRAIN BURST程式，在完全潛行環境下做了提升反應速度的特訓。當時她當然還不能加速，所以一定是犧牲現實生活，花了幾十個……甚至幾百個小時，腳踏實地反覆進行嘔心瀝血的特訓。

「……小百，妳花了多久找到這個公敵……？」

春雪這麼一問，千百合就露出略帶猶豫的表情，伸了伸舌頭回答：

「呃……內部時間三天多一點。」

這是不折不扣的胡來。但春雪已經說不出：「妳搞什麼鬼」這句話。

他在坐墊上重新以跪坐姿勢做好，深深低頭說：

「……謝謝妳，小百。」

「這……這、這有什麼好認真的啦！等等，糟糕，都是你啦，離媽媽來叫我們只剩十分鐘了。來，快點連線！」

千百合紅著臉這麼喊完，一口氣喝完自己的麥茶，從書桌抽屜抽出小型的分享器和XSB傳輸線，把最長的一條接到牆上的家用伺服器連線插孔，又坐回床上對春雪招招手。

「來，快點快點！」

「咦……這個，要做什麼……」

「這房間又沒有沙發之類的，當然只能躺在這裡啦！Hurry up！」

「好、好、好滴！」

春雪乖乖站起，並肩坐在千百合身旁。緊接著就被她用手掌按住額頭掀倒在床上。春雪還反應不過來，千百合已經拿著連接分享器的傳輸線接頭插上他的神經連結裝置，自己也接好線之後，就躺到春雪身旁。

剛換過衣服的兒時玩伴身上，飄來一陣柔和的甜香……但春雪還來不及意識到這股氣味，就聽到尖銳的呼喝聲：

「我數3秒一起連線！開始囉，3、2、1……」

「「無限超頻。」」

春雪一邊朝著彩虹色的圈子掉落，一邊心想幸好沒喊錯指令。

3

「……我一直很想講一次那句台詞。就是『我數三秒』那句。」

Lime Bell有著鮮豔萊姆綠的身軀，尖尖的帽子，左手則是她註冊商標的手搖鈴型強化外裝。才剛落到虛擬的地上就說出這麼一句話。

春雪晚了一拍落到地上，在鏡面面罩下露出苦笑回答：

「都怪妳突然講那種話，害我差點喊出正常的直連指令了。」

「你、你小心點好不好！要是你直連過來，不就會跑進我的私人空間了？」

「……就是那個坐墊地獄……不，我是說天堂。說來還真想再看看……大概吧……」

「那，等特訓結束後……不對，是等吃完晚餐以後我就讓你進來。總之我們先出去看看吧。」

春雪對千百合點點頭，接著環顧四周。然而由於他們是從建築物內連上線，四周只看得到純白的牆壁，這樣根本看不出空間的屬性。

儘管面向陽台的窗戶已經消失，但門所在的位置卻有一條狹窄的通道延伸出去。順著通道過去，應該就可以去到住宅大樓的公共走廊，但為了節省時間，春雪轉回來面向本來應該有窗戶的牆壁。他握緊右拳，同時還是決定先對背後的千百合問一聲。

「呃……我可以打壞這牆壁嗎？」

「我總覺得心情有點複雜，不過算了，反正都得讓你集必殺技計量表。」

「那我失禮了……」

春雪再度面向牆壁，放低姿勢，以犀利動作扭轉腰部的同時，以幾乎完全不後縮的動作打出了一記右直拳。春雪自己幾乎完全沒有自覺，但這種動作十分接近Wolfram Cerberus那種重視虛擬角色整個身體質量與旋轉力道，而不是只靠手臂揮動的動作。這樣的動作比較適合身體比正規顏色重的金屬色角色，這是春雪兩次和他對戰而吸收到的訣竅。

像是整個身體撞上去的這一拳捕捉到了牆壁正中央，發出大型步槍子彈命中似的尖銳撞擊聲，但紋路細緻的純白牆壁卻看不到半點裂痕。

「……等、等等，小春，你要不要緊啊？有沒有受到損傷？」

在無限制中立空間裡，只看得到自己的體力計量表，讓千百合擔心地這麼問，但春雪仍然默默將拳頭抵在牆上。不用看也知道他的體力並未減損，也看得出這一拳的威力毫無保留地滲透到了牆壁之中。

過了一會兒……

一陣盛大的崩塌聲響起，南邊的整面牆壁應聲粉碎。

中立空間的光景一映入眼簾，千百合立刻又喊了出來。這次是開朗的歡呼。

「哇……！好棒，好漂亮……！」

天空的顏色像是由珍珠溶解而成的乳白色。地上的建築物群也換上神殿般的純白，道路與空地上隨處可見大型的正八面體水晶飄在空中。這些透明的水晶慢慢轉動，將來自空中的光線轉變為彩虹色的光譜灑落在四周。

「是『靈域』屬性啊……好久沒看到啦。」

春雪俯瞰這罕見的高階神聖系空間，站在他身旁的千百合也點點頭說：

「我也只在一般對戰中看過一次。呃，記得只要打壞那種水晶，就會立刻集滿必殺技計量表？」

「嗯。還有，聽說只要在無限制空間裡打壞水晶，偶爾就會跑出物品卡……」

「咦……真的嗎？」

Lime Bell將她那留有幾分貓樣的鏡頭眼轉朝向春雪，但立刻搖了搖頭。

「不對，不行不行，今天我們來這裡不是來玩，是來做特訓，不是找物品的時候了。」

「我、我什麼都沒說吧？」

「別浪費時間了，我們趕快過去！你喜歡用抱的還是用背的？」

「我、我說妳喔……一般來說這種事應該是我問吧……」

「那你就問啊。好，呃，那用抱的。」

千百合說完話的同時，將虛擬角色的右側面轉過去。春雪自覺到自己完全被她牽著走，但還是只好伸出雙手，抵上Lime Bell的背部與雙腳抱起她。

綠色系的虛擬角色有著突出的防禦力，相對的也重了些。抱起來的感覺比以前同樣用「公主抱」姿勢抱過的Black Lotus與Sky Raker要重了些，但春雪至少也學到了一點危機迴避能力，知道不該說出口，只說了聲：「那我要飛了」，就輕飄飄地縱身一跳。

倉嶋家位於大樓的二十一樓，所以離地面相當遠。但千百合有過從新宿都廳頂樓跳下來的經驗，即使進入自由落體狀態也叫都不叫一聲。下降了二十公尺左右後，春雪張開背上的翅膀，進入滑翔態勢。他看準飄浮在眼底環狀七號線大道上方的一顆水晶，從旁掠過之際一腳踢去。

吭啷一聲清脆的聲響中，虹色的結晶體應聲碎裂。雖然並未跑出物品卡，但必殺技計量表一口氣就累積到將近一半。有這樣的量，應該足以一口氣飛到世田谷區。

春雪再度上升，在可以將街景盡收眼底的高度先轉為懸停狀態，對懷裡的千百合問說：

「……那，妳說的那種會用光束攻擊的公敵，會從世田谷的哪裡冒出來？」

千百合似乎是看著「靈域」屬性的美景看得出神，先眨了眨鏡頭眼之後才回答：

「啊，是在櫻上水車站再過去一點的地方。」

「也就是這邊了？」

春雪先轉向西南方，接著又改變主意，開始朝正南方飛在環狀七號線的上空。

從環狀七號線與青梅大道交會的高圓寺陸橋路口，到遙遠的多摩川沿岸砧淨水廠，有著一條長達十公里的馬路，叫做「荒玉水道道路」。很難想像在東京都二十三區內，會有這種拉出完美直線的道路存在，而櫻上水車站就位於這條路上。

春雪從路口稍微偏西的地點進入水道道路上空，下降到離路面只有一公尺半的高度全速飛行。這一來當然讓必殺技計量表急速減少，但這條路上也有水晶飄浮，所以一碰到水晶就用頭錘擊碎。

看到春雪這樣的舉動，千百合同樣不但不害怕，還大喊：「上啊！」完全把他當成了遊樂園的尖叫類遊樂設施。轉眼之間，行駛過杉並區與世田谷區界線的京王線高架鐵軌就出現在視野中。春雪從高架鐵軌下方鑽過之後開始減速，用雙腳在平滑的路面上劃出兩道痕跡，慢慢停住。

「呼～」

千百合還是待在春雪懷裡，小聲喘了一口氣之後，抬起頭來大喊：

「啊啊，好好玩！怎麼不乾脆一路飛到這條道路的終點呢？」

「明、明明是妳說我們不是來玩的！」

「別在這種小事。」

千百合這時才總算從他懷裡跳了下來，朝四周看了一會兒，指向道路東側說：

「我就是在這邊一棟很大的建築物附近發現公敵的。」

「很大的建築物……」

春雪歪歪頭，正要從腦裡叫出這一帶的地圖。如果是在現實世界，只要按下虛擬桌面上的地圖圖示就行，但加速世界裡沒有這種方便的ＡＰＰ……大概吧。

「……記得這一帶有大學？是叫什麼大學來著……」

「在這個世界，是哪間大學還不都是一樣！我們又不是來應考的，而且也沒有大學生是超頻連線者。」

聽千百合以拿他沒轍似的聲音指出這一點，春雪只好點點頭說：「也、也是啦」。

其實春雪心裡想的，是大學校園鄰接附屬國中或高中的可能性。

要說在無限制空間裡哪些地方最容易與其他超頻連線者不期而遇，第一是傳送門附近，第二是商店附近，第三則是好打的大型公敵湧出地點，而國中與高中可說就僅次於這些地方。因為如果一間學校有多名超頻連線者存在，往往就會拿無限制空間內的校舍當作碰頭用的地點。兩個月前春雪就曾選擇梅鄉國中的運動場，作為與Dusk Taker展開最終決戰的地點。

只是話說回來，無限制空間是個時間流動速度隨時保持在相當於現實世界一千倍的世界。即使春雪與千百合在這裡待上整整一天，現實世界當中也只過了八十秒。時間與地點和其他超頻連線者重疊的可能性，可說還不到萬分之一。

——話是這麼說，我倒是覺得自己在這邊常常遇到這種巧合。

春雪內心嘀咕，做出世田谷區是人口外流地帶所以應該不要緊的結論，下意識地將手圈到站在身旁的Lime Bell腰上，穩穩抱住她之後慢慢起飛，才注意到她一直盯著Crow的臉看。

「……幹嘛？」

「沒有啊，我只是想說你伸手抱人抱得好習慣。」

「我、我才沒有習慣！而、而且明明就是妳自己說用抱的比較好！」

「好好好，別說這些了，再飛高一點啦。」

「……好啦……」

鬥嘴鬥得贏這位兒時玩伴的日子，恐怕永遠不會來臨。春雪一邊自覺到這點，一邊垂直上升了二十公尺左右。

這一來的確就看到水道道路東方有著開闊的空間。散布在其中的一座座神殿，在現實世界裡多半是大學校舍。然而……

「……根本沒看到公敵啊……」

「等一下。」

千百合說完，也不知道打什麼主意，將左手的大型手搖鈴——強化外裝「聖歌搖鈴（Choir Chime）」舉向空中。

據春雪所知，這個手搖鈴只有兩種用途。首先是以打擊的方式進行近距離攻擊。這個手搖鈴堅固而沉重得嚇人，而且要是腦門挨到一下，更會有一陣強烈的鈴聲音效直擊聽覺，讓人一瞬間頭昏眼花，是相當有用的武器。

第二種用途當然就是必殺技「香櫞鐘聲（Citron Call）」。這種必殺技有著極為稀有的效果，能夠讓目標的時間回溯，用在自己人身上可以恢復體力，用在敵人身上，則可以讓對方好不容易累積到的必殺技計量表歸零或強制解除武裝，做出不輸給小魔女外觀的活躍。

春雪心想在這種狀況下，應該不需要讓時間回溯進而推測到難道她是想進行用途一：敲我的腦袋，想到這裡正要縮頭……

接著卻看到手搖鈴做出招手般的動作，前後緩緩擺動。隔了一會兒，一陣比較接近鈴聲而非鐘聲的聲響，就像水波似的往外擴散。千百合搖了十秒鐘左右就放下手搖鈴，但聲音並不停歇，繼續在周遭地形迴盪擴散，慢慢衰減消失。

春雪還來不及問剛剛那是怎麼回事……

「你看，那邊！」

千百合壓低音量呼喊的同時，伸出右手一指。順著她食指的延長線望去，竟然就看到有東西從一座神殿中爬了出來。

「是、是公敵！難道說……那是小百妳叫來的……？」

「也不能說叫來……公敵不是會對聲音有反應嗎？昨晚我到處走來走去想找會用雷射的公敵時，就想到只要好好利用我的手搖鈴，應該就可以從很大的範圍內引出敵人，所以我就花了很多心思在試要怎麼搖。」

「大、大範圍……要是叫出一大票公敵怎麼辦……」

「是有一次搞得挺危險的啦。」

千百合伸著舌頭說出這種不得了的經驗，也不知道接著又想做什麼，動起右手叫出「功能選單」。

這個系統視窗可以根據各種不同的條件，設定其他人是否可以看見，但基本上都是設定成「搭檔與同軍團團員看得見」，所以春雪也看得見一個視窗應聲展開。千百合的手指又動了一次，顯示出特殊能力／必殺技列表。

春雪心想Lime Bell的必殺技應該就只有一招香櫞鐘聲，但看了看畫面，卻不由得小聲驚呼。因為在她的特殊能力欄位，有著一串文字閃閃發光。

「『Acoustic Summon』……『聲響呼喚』？妳……這特殊能力是幾時……」

「我不是說過嗎？就昨天啊。我第一次成功叫來公敵之後，打開系統選單就嚇了一跳，原來特殊能力真的會突然閃現。」

「……這、這樣啊……好好喔……」

春雪還沒想到稱讚千百合的努力與創意，已經不由自主地吐露真心話。畢竟現在春雪被賦予了學會「理論鏡面」特殊能力這種高難度任務，而他被紅之王Scarlet Rain用主砲雷射蒸發了十次之多，卻仍然毫無頭緒，不由得拿自己的遲鈍和千百合相比。

但千百合多半精確地看穿了春雪的心思，受不了他似的用右手敲了一下他的頭說：

「我說你喔，這『聲響召喚』和你追求的『理論鏡面』，根本就不是同一個層次的技能好不好！我這招只能用來叫出公敵啊。要是連躲起來的超頻連線者都能拖出來，倒是超有用的啦。」

「……也、也是啦，也許是吧……」

「比起來，如果你能學會『理論鏡面』，到時候你不只對公敵，連對超頻連線者的光束攻擊都能有百分之百的抗性，不是嗎？有雷射攻擊的紅色系角色相當多，學會了不就保證能在領土戰活躍嗎？別沮喪了，趕快開始特訓吧。畢竟好不容易找到了公敵。」

「……嗯、嗯，說得也是。如果能在今天之內學會，學姊和師父一定都會嚇一跳吧。好，我要加油！」

春雪用力握緊左手——因為右手抱著千百合——儘管覺得耳邊聽到一聲嘆氣，但他也不放在心上，開始前進。

起初只在遠方看到一個小小的輪廓，但隨著距離拉近，形狀也越來越清楚。用一句話來說，就是一隻「大頭犰狳」。裹在堅硬裝甲之中的身體縮得圓滾滾的，四肢都很短，尖尖的頭部只有額頭格外地大，額頭上有著一顆橢圓形的紅色寶石……又或者說像是鏡片的東西。牠左右動著尖尖的鼻子，似乎在尋找引牠出來的聲音。

「看得到牠額頭上的紅色寶石吧？牠會從那裡射出雷射。當初我跟牠有一段距離，所以沒被打個正著，但當時牠就射穿了一棟古堡屬性的建築物，所以不要大意。」

「……記得古堡屬性的建築物非常耐打吧……」

「別怕別怕，只要不是被瞬殺，我就會用香櫞鐘聲幫你恢復。牠的攻性化範圍(Aggro Range)大概是三十公尺，我們就在範圍外降落。」

「……了、了解。」

春雪點點頭開始下降，打算多保持一點距離，在犰狳型公敵的五十公尺前方降落。由於公敵就停留在本來多半是大學校園運動場的開闊空間正中央，要接近是輕而易舉。

「靈域」屬性的地面鋪設了有著華麗阿拉伯式花紋的地磚。與這個屬性成對比的「大罪」屬性也鋪有白色地磚，卻是讓血液般的液體從方格狀的地磚間縫隙滲出，所以「靈域」屬性的地磚要清潔多了。而且摩擦係數也很適當，不用擔心腳步滑溜。

因此春雪與千百合降落時，目光始終不離五十公尺前方的公敵。

然而腳底捕捉到的，卻不是觸感堅硬的地板，而是一種黏液狀的物質。

「喔哇！」

「呀啊！」

兩人在發出喊聲之餘，同時往正後方跌倒，讓背上也泡在黏稠的液體之中，不約而同一起嚇得呆住。

在加速世界裡，累積在各種地形的黏液，基本上都不會帶來什麼有好處的效果。無論這是哪種黏液，都必須立刻因應才行。春雪第一時間看了看視野左上方的體力計量表，所幸似乎連一個像素都沒減少。也就是說，這不是毒液或腐蝕液，而是接著劑之類的黏液了？

想到這裡，他就和千百合同時猛力彈起上半身，但也並未受到多少阻力，背部就和地面分開。

春雪放低視線，想看看這黏稠的液體到底是什麼東西，結果發現他們兩人坐在一灘直徑四公尺左右的咖啡色積水裡。戰戰兢兢地舉起左手，發現液體一滴滴落下之後，金屬裝甲似乎也沒有任何變化。

「……這是什麼？……」

春雪歪了歪頭，千百合就同樣舉起右手，把這咖啡色的黏液湊到眼前。

「咦……不會吧，這搞不好是……」

她說到這裡，抬起頭來以命令語氣說：

「小春，不對，是Crow，張開嘴。」

「咦……？」

「快點，啊～！」

春雪乖乖聽話，用指尖把面罩從下往上一劃，鏡面面罩就滑開了四分之一左右，露出底下虛擬人體的嘴。他才剛張開嘴，Lime Bell的食指與中指——上面沾了滿滿的咖啡色黏稠液體——就插進嘴裡。

「唔、唔嘎喔唔唔嘎！」

他當然發出哀嚎，但就是拔不出她的手指。被迫舔到的黏液滋味填滿了春雪的味覺。吃起來有點苦，很香醇……而且會甜。

而且應該說非常美味。

看到春雪不再抵抗，千百合就抽出手指，問說：

「是什麼滋味？」

「……巧克力味……」

「果然。」

春雪很想大喊：「那妳不會自己嚐喔！」但另有一個巨大的疑問搶先支配了整個大腦。為什麼？為什麼會有巧克力……而且還是春雪偏愛的甜牛奶巧克力池。「靈域」屬性裡應該沒有這樣的特徵，還是說他們錯以為這裡是靈域，其實是「點心」屬性？

正當春雪茫然癱坐在地，煩惱著該不該再嘗一口時……

「『Puppet Make』！」

一個可愛的女生嗓音迴盪在空間中。這毫無疑問是招式名稱，也就是超頻連線者為了發動必殺技而喊出的語音指令。照理說既然聽得見這樣的聲音，無論如何都該趕緊移動。

春雪迅速重新抱住千百合的軀幹，用力振動背上的翅膀。他一邊離地，一邊往後衝刺三公尺左右，正要重新查看四周……目光卻被搶先一步發生的現象吸引住。

兩個人影從前方的巧克力池裡應聲冒了出來。

「不會吧，這積水的深度怎麼可能躲虛擬角色……」

千百合說得有理。但事實上就是有兩個身高一百五十公分左右的人影，出現在他們兩人面前。

人影的形狀極為單純，頭部圓滾滾的，手腳似乎也沒有裝甲保護。臉上沒有眼睛或嘴巴，只存在著一個形狀像是花朵的記號。身體的顏色是略有光澤的焦黑咖啡色……應該說就和他們出現的池子同樣是巧克力色。

這兩個並肩站立的虛擬角色沒有什麼明顯的特徵，但有一點非常特異，那就是兩人外觀完全相同。在加速世界裡，從運作原理上就不可能讓多名虛擬角色有著完全一樣的造型。就連傳聞是雙胞胎的藍之團幹部Cobalt Blade與Mangan Blade，色彩與各部位的形狀也有著微妙的差異。

「你、你們到底是……？」

幾乎就在春雪喊出這句話的同時，兩名虛擬角色默默衝了過來。

春雪與千百合還來不及意識到他們腳下的巧克力池已經在不知不覺間消失，反射性地擺出迎擊態勢。Silver Crow以左手手刀直刺，Lime Bell則以聖歌搖鈴，各自看準目標的胸部攻擊。

銳利的指尖貫穿堅硬裝甲的衝擊並未發生，取而代之的是一種像是用手插進油黏土的柔軟感覺。手刀深深插進無臉虛擬角色的胸口，從後方穿了出去。只是一招攻擊，就幾乎讓軀幹斷裂一半，體力計量表扣掉五成以上都不稀奇。無限制空間裡的痛覺是正規對戰的兩倍，一旦受到這麼嚴重的創傷，就會痛得好一會兒連動都不能動。

本來應該是這樣。

「什麼……」

春雪維持左手刺穿對方的姿勢，瞪大了眼睛。無臉虛擬角色只是上半身微微後仰，一聲不吭地使出右直拳反擊。頭盔左側面被這一拳給紮實地打中，讓Crow的體力計量表被扣掉了5％左右。

春雪趕緊往後跳開一大步，以免繼續受到攻擊，同時目光瞥向千百合留意她的情形。她也用手搖鈴打掉了一大塊無臉虛擬角色的身體，但敵人同樣不停止動作，直接拖著開出大洞的身體以左腳踢出了迴旋踢。千百合以右手格擋住這一腳，同時似乎是自己主動跳開，跳到春雪的身旁。

「我總覺得……他們好怪！」

千百合這麼大喊，春雪連連點頭之後，緊接著就出現了一幅已經不只是怪，而可說是異常的光景。

兩個無臉虛擬角色的身上都受到了嚴重的損傷，但傷口四周卻突然溶解，化為咖啡色的黏液流過去填補了大洞。短短幾秒鐘後，無臉角色的身體就幾乎完全重生，恢復了平滑的咖啡色表面。

「……貫通和打擊竟然都無效……」

春雪低聲驚呼，千百合就微微歪了歪頭：

「說起來……他們真的是超頻連線者嗎……？該怎麼說，總覺得好像是人所做出來的東西……說穿了根本就很像巧克力……」

「對喔，剛剛的巧克力池子不見了。如果這些傢伙就是用那些巧克力做出來的人偶……咬咬看就知道是不是真的？」

「你剛剛不是才吃過巧克力冰淇淋嗎？」

千百合對春雪吐槽，緊接著兩名原本還在慢慢進逼的虛擬角色就忽然全身僵硬……至少春雪是這麼覺得。於是反過來由春雪開始慢慢前進，逼向開始後退的兩個虛擬角色。

但遺憾的是，他未能嚐到巧克力色虛擬角色的味道，因為他先聽到了一個人說話的聲音。

「竟然這麼快就發現『巧克人（Cho Ppet）』的弱點，你們挺有一套的嘛！」

這個帶著點鼻音的甜美嗓音，並不是來自眼前的無臉人。春雪和千百合迅速望向左方，立刻就看到一個嬌小的人影站在離了二十公尺左右的一座小神殿屋頂上。

這個人影比這些無臉虛擬角色更小，裝甲色也和他們很像，是帶著點光澤的巧克力色，但形狀不一樣。從帽簷很大的帽子下往左右披下的長髮，以及遮住下半身的大型裙形裝甲，都在顯示出這人屬於女性型虛擬角色。一對鏡頭眼發出清透的粉紅色。

一看到她的身影，春雪立刻確定了兩件事。

首先這個女性型人物是貨真價實的超頻連線者，其次則是那兩具無臉虛擬角色，是她用她的能力所創造出來的戰鬥用人偶。想來當初聽到的「Puppet Make」指令，就是她用來創造人偶的必殺技。

除此之外他還有許多疑問，例如「巧克人」是什麼東西？但他決定把這些事先擱著，問出最先應該要問的問題。

「妳為什麼攻擊我們？妳……是『加速研究社』的人？」

巧克力色的女性型人物聽了後連連眨眼，用高跟鞋的鞋跟使勁在神殿屋頂上一踏。

「我參加的是甜點同好會！你們明明是來獵小克的，還給我裝蒜！只要我的眼睛還是草莓奶油色，就絕對不會讓你們稱心如意！」

春雪心想怎麼又跑出奇怪的字眼，在腦內索引中搜尋了一會兒，想不到有哪個人物是「小克」，所以還是先問問看：

「呃……小克是誰？」

「裝傻也沒用的！你們想攻擊那邊的小克，我都看得清清楚楚！」

她以苗條的左手筆直指向廣場正中央。轉動視線一看，就看到那隻像犰狳的小型公敵還是一樣動著鼻子在嗅。

「咦……是公敵？牠就是『小克』？」

「正是！種族專有名稱是『Lava Carbuncle』熔岩色石榴石獸，從讀音簡稱小克，是我的朋友！與其眼睜睜看著牠被殺……我還不如賠上自己的所有點數！」

巧克力色的虛擬角色接著用左手指向春雪與千百合，毅然地說了下去：

「好了，儘管拿出來用吧！拿出你們那骯髒的……ISS套件！」

4

「『可可湧泉（Cocoa Fountain）』」

嬌小的巧克力色虛擬角色小聲唸出招式名稱，手指立刻迸出閃亮的粉紅色光芒。

這些光芒沿著拋物線軌道落到地面後，聽到幾聲小小的龜裂聲，湧出了之前那種讓春雪與千百合腳底打滑的咖啡色黏液……也就是牛奶巧克力。緊接著，本來停在稍遠處的小獸級（Lesser）公敵熔岩色石榴石獸「小克」就以小而快的腳步開始移動，嗅了嗅巧克力池的氣味之後，尖尖的口鼻直接栽進池水裡，開始舔個不停。

「……她完全進了公敵的攻性化範圍吧……」

春雪點點頭同意千百合小聲問出的這句話。巧克力色虛擬角色所站的位置，離公敵只有短短三公尺。在這麼短的距離，無論多遲鈍的公敵都一定會展開攻擊。春雪他們為了安全起見，拉開了四十公尺的距離，但仍然不太能算是安全範圍。

「這表示這個公敵……算是馴服（Tame）狀態嗎……」

「可是馴服不是需要專用的物品嗎？像學姊用來馴服飛天馬的韁繩……」

「我本來也這麼想……不過加速世界的常識就是會有一大堆例外啊……」

兩人並肩對話了一會兒，巧克力色虛擬角色就轉身背對吃點心吃得忘我的公敵，一步步走了過來。她當初從巧克力池創造出來的兩隻巧克力傀儡，簡稱「巧克人」因為持續時間到了，都已經消失無蹤。

這個虛擬角色走到春雪與千百合面前停步，默默看著他們。她的身材在女性型當中都相當嬌小，和四埜宮謠的Ardor Maiden也差不了多少。

「……首先就由我先報上名號吧。我叫做『Chocolat Puppeteer』……目前並未參加任何軍團。」

聽到她唐突地開始自我介紹，春雪趕緊一低頭，跟著自我介紹：

「啊，呃，我是Silver Crow，參加黑暗星雲軍團。」

「我是Lime Bell，一樣參加黑暗星雲。」

他們一報上名字，這個名叫Chocolat Puppeteer的少女型虛擬角色，就以纖細的手指抵在臉頰上點點頭說：

「……原來如此，你就是黑色軍團出名的『烏鴉』？還有『時鐘魔女（Watch Witch）』……」

「……原來妳有這樣的外號？」

春雪小聲這麼一問，千百合就臉頰微微泛紅，搖頭說：

「我、我哪知道？別說這些了，專心講正事！」

「好、好啦。」

所幸Chocolat Puppeteer思索了幾秒鐘後，抬起頭來又點點頭說：

「我已經知道你們不是ＩＳＳ套件的使用者了，也知道你們不是來獵小克的。」

「謝……謝謝妳。」

春雪先鬆了一口氣，接著鄭重語氣說下去：

「那……我們也可以問妳幾個問題嗎？」

「請說呢。」

「妳是從什麼時候開始連進這裡的？」

Chocolat顯然是在等來獵熔岩色石榴石獸的超頻連線者。然而要在無限制中立空間埋伏並非易事，甚至可以說除非知道目標會在幾點幾分上線，否則幾乎不可能等到。

Chocolat輕輕聳了聳肩膀，回答春雪的問題：

「記得是在十天……不，是十一天前呢。在現實世界是只過了十六分鐘啦。」

「「十……十一天!?」」

兩人異口同聲驚呼，這個嬌小的巧克力色虛擬角色的嘴角露出笑意：

「也不會覺得無聊啊，因為我一直和小克一起。而且……不管得等上十天還是十個月，我都不在乎。因為……先前我也和兩位說過，我不惜在這次連線中賠上所有點數。」

「……」

春雪與千百合不由得對看了一眼。損失所有超頻點數，也就等於會導致BRAIN BURST程式強制反安裝，也就是超頻連線者生命的結束。這句話的含意太過沉重，本來應該無法微笑著說出口的。

「呃……妳的意思也就是說，為了要保護那隻公敵，不，我是說小克，妳不惜賠上自己所有的點數……？」

春雪戰戰兢兢地這麼一問，Chocolat就若無其事地點了點她那頂淑女帽。

「就是這麼回事。」

「可是……這麼說妳可能會不高興，但是公敵不管被幹掉幾次，等到『變遷』一到就會復活吧……？」

「的確是這樣呢……可是，復活的終究只是同種的公敵，並不是讓完全一樣的個體重生。下次從這裡湧出的『熔岩色石榴石獸』一看到我靠近，多半就會對我攻擊吧……」

Chocolat說到後來嗓音微微發抖，用帽簷遮住了臉。儘管裝甲色完全不同，但和她一樣戴著帽子，整體輪廓也有幾分相似的Lime Bell走上一步，柔聲問她說：

「妳花了多久，才和牠這麼要好？」

「……現實時間的兩年多一點。」

「這樣啊，那已經是真正的朋友了呢。我懂妳的心情，要是我交到那麼可愛的朋友，也會想說絕對要保護牠。」

「……」

Chocolat Puppeteer微微抬起頭來，看著Lime Bell小聲問說：

「妳真的這麼想？」

「那當然！」

「我、我也是。」

看到千百合用力贊同，春雪戰戰兢兢表示同意，Chocolat再度露出帶著點落寞的笑容。

「那……如果想殺妳這個朋友的人，也是妳的朋友，而且到三天前還是參加同一個軍團的超頻連線者……你們會怎麼做？」

軍團「Petit Paquet」的團員共有三名。

Chocolat Puppeteer說這個名稱是法語「小盒子」的意思，是由所有團員一起討論之後決定的。

三人從開闊的運動場，移動到小小的神殿之中繼續談話。他們圍坐在白色的地板上，身前放著形狀高雅的杯子，還冒著熱氣。裡面裝的是熱可可，但並不是Chocolat用她的必殺技製造出來的，而是來自和杯子一起從物品欄中叫出的陶器壺。

想在無限制中立空間裡得到食物或飲料，基本上都只能從「商店」購買。代價當然是超頻點數，但剛踏入這個世界的人實在很難有這種多餘的點數。這也就表示Chocolat的資歷已經頗深，但她的等級卻只有4級，比春雪還低了一級。

「……我們的軍團對領土戰是不用說，對一般對戰也不怎麼熱心呢。頂多只是週末跑去隔壁的澀谷區或目黑區，組搭檔打個幾場……所以我花了將近兩年才升到4級，而且也幾乎是靠奇蹟般的幸運，才能完成軍團長任務。」

「咦……軍團長任務不是最少也要四個人嗎？」

Chocolat的話讓春雪忍不住問了出來，咖啡色的虛擬角色就微微一笑回答：

「說需要四個人的理由，是因為有幾個關卡需要同時操作四個地方，但是我有巧克人可以用。」

「喔……喔喔……原來如此……」

「包括這點在內，都是奇蹟般的幸運呢。」

嬌小的虛擬角色說完就喝了一口可可，春雪默默看著她。

黑暗星雲的成員幾乎從未遠征到澀谷或目黑區，會沒聽過以這裡為主戰場的Chocolat，或許也是理所當然，但心中就是湧起了一股覺得過意不去的情緒。

過去他一直把世田谷當成「人口外流區」，儘管緊鄰杉並區，卻從來不曾來過，然而這裡也有超頻連線者存在。千百合似乎也有了同樣的感覺，端正姿勢低頭道歉：

「對不起……我本來還以為這一帶根本沒人，所以才會來這裡找公敵……」

「沒關係的。從世田谷第一到第五戰區加起來，超頻連線者也真的只有十幾個人。要是你們兩位再晚個一小時登入，應該就不會碰到我……也不會碰到其他人。因為到了那個時候，一切多半都已經解決了……」

Chocolat低聲說出的這番話，讓春雪抬起頭，戰戰兢兢地問說：

「呃……剛才我也聽妳提到了一些，妳之所以會等在這裡，是為了和來獵殺『小克』的傢伙打，對吧？然後這些人也是妳的朋友……是這兩年一直和妳一起玩的『Petit Paquet』的團員……？」

「就是這樣，呃……不，我們的關係還不只這樣。因為……其中一個人是我的『上輩』，另一個人則是我的『下輩』……」

「……！」

這句話讓春雪與千百合倒抽一口氣。

但仔細想想，這也沒有什麼不可思議的。在小規模軍團裡，上下輩都是團員的情形反而是理所當然。合計有六個人的黑暗星雲裡，黑雪公主與春雪、拓武與千百合這四個人就是兩兩成上下輩關係。

但既然這樣，為什麼Chocolat的「上輩」與「下輩」，會想獵殺她花了兩年培育友情的熔岩色石榴石獸？從尺寸來判斷，那隻公敵肯定是小獸級。即使打死牠，能得到的點數應該也絕對不算多。

Chocolat Puppeteer似乎看出了春雪與千百合的疑問，難過地垂下她一對櫻花色的鏡頭眼說道：

「三天前，星期天的晚上……一切都變了，不，應該說一切都毀了。就在我的上輩『Mint Mitten』和下輩『Plum Flipper』，被人強行寄生ＩＳＳ套件的那一瞬間……」

「咦……!?」

「怎……怎麼這樣……！」

春雪與千百合又同時驚呼出聲，探出上半身擠出聲音問下去：

「Ｉ……ＩＳＳ套件，不是只能寄生在自願接受的人身上嗎……？」

「我聽說的也是這樣……！因為要是可以強制寄生，他們根本就不用在赫密斯之索的比賽裡引發那樣的事件啊！」

千百合指出的這一點很有道理。

在六月九日舉辦的「赫密斯之索縱貫賽」尾聲，混進參賽隊伍當中的加速研究社社員Rust Jigsaw，就發動第四象限……也就是大範圍的負向心念攻擊「鏽蝕秩序」。不只是參賽者，連許多觀眾都被這招虐殺。

根據推測，研究社的意圖應該是讓整個加速世界知道「黑暗心念」那壓倒性的威力，讓人想得到能夠輕易學會這種能力的「ＩＳＳ套件」。

而Ash Roller的跟班Bush Utan，就曾經對春雪這麼說。他說：「ＩＳ模式就是有著這麼離譜的力量，有著可以把BRAIN BURST的規則一腳踢開的終極力量」、「只要有了這種『ＩＳＳ套件』，連輸家也可以變強，不，是可以讓輸家強得不必再當輸家」。

Utan會受到ＩＳＳ套件的侵蝕，就是因為先有這樣的認知。換個角度來看，如果可以強制寄生，那麼就像千百合所說，根本不需要在比賽中進行那樣的展演。只要對每一個出現在對戰名單上的超頻連線者挑戰，讓套件的種子寄生在他們身上，加速研究社的目的「讓ＩＳＳ套件在加速世界蔓延」應該就能輕易達成，只是不知道他們為何想製造這樣的狀況。

聽春雪與千百合這麼說，Chocolat就嘆了一口又重又長的氣。

「……我和兩個同伴，也都是這樣認知的。我們之中沒有一個人追求那種來路不明的力量……我們只求在加速世界的角落，保護我們三個人的這個『小小的盒子』。其實我們根本不打算繼續升級，只求每個禮拜能大家一起連上無限制空間一兩次……在這裡聊聊天，餵餵小克，坐著等待變遷……我們要的，就只是度過這樣的時間……」

Chocolat用力抱住雙膝，像是在忍受難過而悲傷的記憶。

「……所以，當『她』出現在我們面前，引誘我們接受ＩＳＳ套件時，我們每個人都斬釘截鐵地拒絕了。因為我們聽說只要發自內心抗拒，就不會被那種黑色的眼球寄生。可是……我們拒絕之後，她就說：『那就得動手術了』，然後就攻擊我們。雖然我們有三個人，對方只有兩個人，但我們根本不是『ＩＳ模式』攻擊的對手……Plum最先被他們捉住，她就用一把很大的剪刀剪開Plum的肚子，把套件的種子放進去……」

「剪、剪刀……？」

春雪一瞬間覺得記憶受到刺激，但尚未想起到底是什麼事，Chocolat已經更加悲痛地說下去：

「Mint看到這種情形，就要我從傳送門逃脫，從現實世界拔掉她們兩人的直連線。我拚命跑向櫻上水車站的登出點，回到現實世界，從和我一起上線的她們身上拔掉傳輸線……但是等到這個時候，Mint也已經遭到他們的毒手……可是，剛登出超頻連線時，她們兩人的情形都沒有什麼異狀，都笑著說她們才不會讓什麼ＩＳＳ套件寄生……可是……」

「……結果還是不行……？」

千百合小聲一問，Chocolat就深深垂下頭說：

「……過了一晚，到了隔天……她們兩個已經不再是我認識的Mint和Plum。她們邀我也接受ＩＳＳ套件……我拒絕之後，她們就說要脫離軍團……從這一天起，Mint和Plum就加入他們，一直在世田谷的無限制空間獵殺小型和中型的公敵……」

「妳說的『她』……該不會……」

春雪戰戰兢兢地說出終於在記憶中甦醒的名字。

「該不會是一個叫做『Magenta Scissor』的超頻連線者……？」

Chocolat聽了後猛然抬頭，又垂頭喪氣地點點頭說：

「是啊。她大概就是世田谷區第一個ＩＳＳ套件使用者……現在除了我以外，世田谷區的所有人都跟她一夥了……」

Magenta Scissor。

這個名字春雪是從既是好友，又是同軍團戰友的黛拓武口中聽到的。

八天前……也就是六月十八日星期二的晚上，拓武為了收集ＩＳＳ套件的情報，單獨前往世田谷區，從Magenta Scissor手中要來了套件。

當時套件還處於封印卡狀態，拓武將它保存在物品欄，卻在隔天的十九日，在新宿區遭到最可怕的ＰＫ集團「Super Nova Remnant」襲擊，為了反擊而啟動了套件。當天晚上，春雪與千百合在與拓武直連的狀態下睡著，在BRAIN BURST中央伺服器內直接攻擊ＩＳＳ本體，消滅了寄生在拓武身上的終端套件。

但這當然不至於讓源頭所在的Magenta Scissor身上的套件都跟著消失。Scissor之後仍然繼續在世田谷區散播套件，終於在三天前，襲擊了在此區與杉並區界線附近平靜度日的Chocolat她們的軍團「Petit Paquet」……想來大概就是這麼回事。

「……那，Magenta Scissor他們就是因為在世田谷區已經沒有超頻連線者可以打，才改成專打公敵……？」

春雪這麼一問，Chocolat再度點頭：

「看來，就是這樣……而且，看來即使用上ＩＳ模式的力量，要對付巨獸級以上還是太吃力，所以專挑野獸級或小獸級在打。我……拚命拜託已經變了個人的Mint和Plum，請她們至少放過小克，可是……」

說到這裡，Chocolat Puppeteer櫻花色的鏡頭眼，滴下了一滴透明的淚水。

「她們兩個一天比一天冷漠……到今天，她們終於對我說了這樣的話。說只要小克死了，我就會死心，加入Magenta Scissor他們。還說會在放學後，帶人一起來獵殺小克……所以……所以，我……」

又一滴眼淚流過巧克力色的臉頰。這滴淚水尚未落到地上，千百合已經伸出雙手，輕輕抱住Chocolat的身體。

「所以妳才會一直在這裡等啊。為的是保護小克……對不起喔，我們兩個一定嚇到妳了吧……」

春雪當然做不出跟著抱住Chocolat這種事，他選擇深深低頭，說道：

「我、我也要說聲抱歉。為了表達歉意，我們也會幫妳，我們一起保護小克吧。」

即使聽到他這麼說，Chocolat Puppeteer一時間仍然沒有反應。她在千百合懷裡顫抖了整整十秒鐘以上，才總算發出聲音：

「……我其實根本不覺得自己有辦法保護小克……因為在色相環上，我屬於黃色與紅色的中間……算是偏重擾敵的遠程攻擊型，或者應該說是輔助型……可是，我……有一種絕對優勢的直接攻擊方式……只對我以前的好友Mint Mitten和Plum Flipper有效……」

春雪一時間意會不過來，但看到Chocolat那緊繃的感覺，就察覺了她的意思。千百合似乎也同時注意到，兩人同時說出這個字眼：

「……『處決攻擊（Judgement Blow）』……？」

Chocolat微微點頭，無力地說下去：

「我們三個人合力挑戰軍團長任務時，拿到過關物品的……就是我。雖然Mint和Plum已經脫離軍團……但在一個月內，我還是有權『處決』她們兩個。這不是為了保護小克……是因為我覺得……要保護受到ＩＳＳ套件寄生，連現實人格都受到影響的她們……就只剩這個方法了

「……」

「……」

如果攻擊石榴石獸的人數只有三、四個人，只要春雪和千百合合力，應該是有辦法擊退的。然而只靠在加速世界之中進行的攻擊，卻無法消除寄生在Chocolat朋友身上的ＩＳＳ套件。

上個星期四，春雪同樣在無限制空間內，目擊到攻擊綠之團Ash Roller與Bush Utan的ＩＳＳ套件裝備者。他任由一股沖昏頭的怒氣驅使，召喚出沉眠在虛擬角色體內的「災禍之鎧」和六名套件裝備者戰鬥，並在打鬥中抓出寄生在其中一名敵人身上的套件加以捏碎。

一道不可思議的光從遭到破壞的「紅色眼球」中脫離，跟過去之後就找到了由「大天使梅丹佐」把守的東京中城大樓，但問題是跑掉的那道光多半才是ＩＳＳ套件的本體，即使毀掉眼球，套件也不會消失。如果想靠在加速世界之內的攻擊來解決事態，唯一的方法就是擊破疑似位於中城大樓頂樓的套件本體。

既然如此……

要把Mint Mitten和Plum Flipper從ＩＳＳ套件的支配之下解放出來，或許的確就如Chocolat所說，唯一的方法就是使用「處決攻擊」。

然而，這個方法雖是終極的解決之道，卻也會以悲劇收場。因為超頻連線者一旦失去BRAIN BURST程式，就會跟著失去與加速世界有關的所有記憶。

春雪什麼話都說不出來，只能一直握緊雙手。

一個念頭在心中翻騰不已。

──要是我早點學會「理論鏡面」特殊能力就好了。這樣一來，說不定現在已經由七個軍團共同展開梅丹佐攻略戰，已經開始試圖破壞ＩＳＳ套件本體。而一旦這個作戰成功，Chocolat Puppeteer應該就不用受到這種煎熬了……

──不，更該怪的是我太缺乏想像力。明明幾天前就已經知道ＩＳＳ套件已經擴散到荒川區、江東區與世田谷區，卻只覺得反正這些戰區屬於人口稀少的地帶，只覺得是別人家的事，想都沒想過會有一群超頻連線者受到這樣的痛苦。他一直以為只要在套件擴散到杉並或練馬之前想辦法解決就好了。

「……對不起。對不起，Chocolat……要是我……要是我早點……」

春雪下意識擠出這樣的話，但千百合立刻舉起左手阻止他說下去。

「Crow，這是你的壞習慣，什麼事都怪到自己身上，而且我覺得現在想這些也已經太遲了。」

聽她說得斬釘截鐵，春雪微微拉起視線說：

「可、可是……要不是我磨磨蹭蹭的……」

「Crow夠努力了！而且我們還有事情可以努力。Crow和Chocolat，你們都太快放棄了。我有個主意。」

春雪所料不錯，位於現實世界中這個地點的大學，似乎緊鄰著附屬高中與國中。Chocolat Puppeteer與同軍團的兩名前團員，就是這間國中的學生。

蓋在「靈域」空間中的大小神殿，全都是學校的設施，也就是說Chocolat非常熟悉這一帶的地形，但會來襲擊的Mint Mitten與Plum Flipper也不例外。要躲在神殿展開突襲是很困難的，甚至有可能反而受到奇襲，在狹窄地帶演變成混戰。

當然這些襲擊者並不知道春雪與千百合加入了Chocolat。拿Chocolat當誘餌，由春雪與千百合展開突襲，或許會是有效的計策，但這次不能動用這招。因為照千百合所想出來的作戰，他們必須光明正大從正面迎戰。

「……就算是這樣，也不用在運動場正中央等敵人來吧……」

最愛奇襲的春雪嘀咕了兩句，立刻就被千百合輕輕在側腹部頂了一下。

「贊成過就不要廢話！Crow負責格擋對方的遠程攻擊，你可要好好警戒！」

「遵、遵命……」

——只是點頭歸點頭……

在無限制中立空間等待其他超頻連線者，是極為需要耐心的。即使能夠把對方的上線時間限定在五分鐘內，在這個世界卻長達五千分鐘……整整有三天以上。

而且這次Chocolat只聽這兩個曾經的好伙伴預告說襲擊是在「今天放學後」。照常理推想，可能的時段應該橫跨好幾小時，但她們不愧是長年來的好友，似乎能夠抓出一定的範圍。而她得出的結論是從六點到六點半之間的三十分鐘，內部時間約二十天。

她似乎想等完這段實在太漫長的時間。而在她遇到春雪和千百合之前，就已經過了十一天。完全無法判斷襲擊者會在接下來九天當中的什麼時候來臨。

處於這個立場，就能深深體會到自稱是「加速研究社」副社長的漆黑積層虛擬角色Black Vise所擁有的「減速能力」是多麼可怕。只要連上無限制空間，同時又把知覺速度降低到與現實世界相等，要埋伏其他超頻連線者就實在太容易了。當然這是靠違法的大腦內建式晶片才得來的能力，不能羨慕。

在加速世界裡，想有所得就一定得付出相等的代價。漫長的等待時間就是其中之一，那些透過ＩＳＳ套件得到強大力量的超頻連線者，相信也一定失去了寶貴的事物。

這次春雪是為了學會「理論鏡面」特殊能力，才會來到這世田谷區的櫻上水一帶。這是為了找稀有的雷射攻擊型攻擊「熔岩色石榴石獸」當特訓的對手，但為了找出這種公敵，千百合已經花了三天的時間。

哪怕要在這裡等上幾天，現在都不是抱怨的時候了。既然認識了這個把石榴石獸稱為朋友的超頻連線者，聽說了這可悲的情形，還讓她請喝了熱可可，那就更不用說了。

「……不用擔心，我會好好警戒，妳們兩個可以趁現在休息。」

春雪這麼一說，千百合與站在她身旁的Chocolat就連連眨動鏡頭眼，接著兩人莫名地同時嘻嘻一笑。

「妳、妳們笑什麼？」

「誰教你……講這種不適合你的話。」

「的確耍帥耍得過火了點呢。」

「……啐……」

春雪不由得垂頭喪氣，卻又趕緊拉起視線。

他們三人等待的地點，就是在春雪與千百合首次遭遇熔岩色石榴石獸的大學運動場正中央。小克自己躲到了用來當巢穴的中型神殿去。這棟建築物在現實世界裡是大學的合作社，還有賣各式點心，只是怎麼想都不覺得這件事會有關。

運動場北側聳立著大型校舍，東側則有著小克的巢，所以南方與西方沒有建築物阻隔。春雪判斷如果ＩＳＳ套件使用者要來攻擊，應該就會從這兩個方向之中選擇一個，但除此之外還有另一個重要的線索。

那就是飄在靈域空間中的「能量水晶」。一旦找到這種水晶，必須發揮堅強的忍耐力，才有辦法忍著不破壞而經過。春雪自己就曾是這樣，即使必殺技計量表已經全滿，經過時還是忍不住會去打。而破壞水晶時，就會發出專有的音效。

因此春雪一直把注意力同時分在視覺與聽覺上。就不知道會先看到從乳白色天空剪出的黑色人影輪廓，還是先聽到像是鈴聲的破壞聲響……

一邊警戒一邊往旁看去，就看到Lime Bell與Chocolat Puppeteer背靠著背坐在地上。她們兩人都低著頭動也不動，看樣子似乎睡著了。

儘管是春雪自己叫她們先休息，但看到她們這麼好睡，仍然不由得苦笑，卻又立刻收起笑容。千百合花了三天幫他找到會用雷射攻擊的公敵，而Chocolat則已經連續登入這個空間十一天之久，她們當然都會累了。

「……妳們好好睡吧。」

春雪不出聲地這麼說完，再度進入警戒態勢。

從開始等待約四小時後。

敵人尚未出現，但春雪一直在忍耐從自己體內出現的不良狀態，也就是飢餓感。

他在現實世界的身體確實餓著肚子，但這種訊號不可能傳到加速世界之中。也就是說，這種飢餓感是大腦……不，是靈魂擅自製造出來的假感覺。只是感覺雖假，絞緊虛擬角色腹部的感覺卻始終揮之不去。

早知道會這樣，在圓寺屋就應該點雙份的生巧克力義式冰淇淋，而且還要加迷你鬆餅……

春雪懷著這樣的念頭雙手按住腹部，在視野角落看到了某種深咖啡色的物體閃出光澤。視線受到吸引而轉了過去，就看到以側座姿勢睡著的Chocolat Puppeteer的裝甲護裙。越看越覺得這巧克力色真是漂亮。

正規顏色的對戰虛擬角色，裝甲色固然五花八門，但材質基本上都一樣，是一種不是塑膠或玻璃，當然也不是金屬的堅硬結晶體。Chocolat應該也不例外，她全身的裝甲應該只是有著巧克力色的無機物……春雪腦子裡也懂得這一點。

長年在圓寺屋吃巧克力冰淇淋培養出來的直覺告訴他，這種質感不是假貨表現得出來的。當然他不能咬一口試試看，但如果只是一邊維持警戒，一邊用手指摸摸看……

「……你在做什麼？」

耳邊突然聽到輕聲細語的這句話，讓春雪嚇了一跳，抽回正要伸出的左手。戰戰兢兢地轉過去一看，原以為在睡的Chocolat那粉紅色的鏡頭眼已經露出像是白眼的光芒。春雪不及細想，正想喊出：「沒沒沒什麼！」但要是連靠在Chocolat背上的千百合都弄醒就糟糕了。

「呃、呃……我就是忍不住會去想，妳這巧克力色是不是真正的巧克力……」

春雪維持要縮不縮的姿勢小聲這麼回答，Chocolat就嘆了一口氣。

「超頻連線者看到我，幾乎都會這麼說。就連我的『上輩』Mint和『下輩』Plum，在加速世界對我說的第一句話也是這句……」

「……這、這樣啊……抱歉，害妳想起……」

「也沒什麼好道歉的。」

Chocolat冷漠地這麼說完，也不知道打什麼主意，舉起左手伸到春雪面前。

「咦……」

「請你儘管弄個清楚。」

「什、什麼？」

「我只是想說與其讓你在戰鬥中分心想我的裝甲材質，還不如先讓你試到滿意。」

「好、好的……」

聽她這麼一說，春雪再也忍耐不住。他先說聲：「那我就恭敬不如從命了」，把Chocolat的左手湊到自己面前。面罩下半部自動滑開，用露出的嘴一口含住她纖細的食指與中指。

Chocolat立刻叫出「咿！」的一聲，全身顫動，但春雪的思考幾乎完全被口中散播開來的「滋味」佔據，沒有心思去想Chocolat的反應。

——不會太甜，有淡淡的苦味，香氣濃郁。是完美的巧克力味，而且遠比前不久才嚐過的「可可湧泉」巧克力液體更加美味。這個滋味，是比利時的最高級調溫巧克力……

「等等……我、我是說，你可以、試我的手背……」

Chocolat斷斷續續地說話，同時想抽出手指，但對餓到最高潮的春雪並不管用。當他忘我地舔著這由虛擬角色手指構成的巧克力棒，就覺得先前那麼難受的飢餓感也慢慢得到舒緩。

「嗯……你、你、嚐夠、了吧……」

Chocolat發出細小的呻吟，同時扭動身體，不小心帶得靠在她背上睡覺的Lime Bell動了一下。千百合發出「嗯唔啊……」的一聲抬起頭來，眼看就要轉頭看到春雪的舉動之際……

遠方傳來小小一聲清脆的破裂聲響，觸動了春雪的聽覺。

「……！」

春雪立刻切換意識，把嘴從Chocolat的手指上移開，面罩剛關回去，就尖銳地小聲呼喊：

「Chocolat、Bell，來了！」

這一喊之下，無論是捧著左手喘著氣的Chocolat，還是用惺忪睡眼看著她看得納悶的Lime Bell，都迅速起身觀看四周，問說：

「在哪裡……？我看不見……」

「我聽見了打破水晶的聲響。是西南方……大概一百公尺左右。」

「那邊有一條路從大學和附屬高中之間通過。如果不想翻牆，要從門進來，應該會從西邊接近這裡……還有，Silver Crow。」

突然被她叫到全名，春雪反射性地縮了縮頭。他以為剛才的舉動當然會被罵，但Chocolat只

用白眼瞪了春雪一眼，加快速度說出來的卻是另一件事：

「這樣叫太囉唆了，叫我的時候叫『Choco』就好。」

「啊，那叫我『Bell』！」

「那……那叫我『Crow』。」

千百合與春雪這麼一回答，她就輕輕點頭，轉頭望向不同的方向說：

「了解……來了。」

幾乎就在春雪再度將視線轉朝西方的同時，一層樓的神殿屋頂上排出一排人影，人數是四人。

「……四個人啊……」

「而且……其中一個好大……」

由於距離還遠，看不清楚顏色與形狀，但看得出最右端的一個是相當大型的虛擬角色。正當春雪想著這人比Cyan Pile……不，是比Frost Horn還大時……

「左邊的兩個……就是Mint Mitten和Plum Flipper呢……」

看來即使距離這麼遠，還是認得出長年的朋友，只聽Chocolat以緊繃的聲音說出了這句話。

既然如此，包括大型虛擬角色在內的右邊兩人，應該就是由Magenta Scissor授予ＩＳＳ套件的超頻連線者，再不然就是……

「……！妳們兩個退開！」

春雪叫千百合與Chocolat退後，自己踏上一步。因為他看到右端的大型虛擬角色與左邊的兩人一起舉起左手。他看過這個動作。

——黑暗氣彈(Dark Shot)。

雖然不知道聲音是否實際傳到，但春雪的耳朵真切地聽見了喊出這個招式名稱的聲音。

純淨的珍珠色天空背景下，三人的手籠罩住一層充滿煞氣的黑暗鬥氣。這些鬥氣凝聚在掌心，蓄積一瞬間之後，化為一道漆黑的光束射出。

這時春雪也已經雙手交叉，大喊：

「雷射劍(Laser Sword)！」

唰一聲清脆的聲響響起，兩把銀色的光劍呈X字伸長。緊接著黑暗光束合而為一射到，命中雙手延伸出來的光劍交叉點。

強大的壓力讓Crow的腳底在阿拉伯式花紋的地磚上往後滑了二十公分左右，但春雪這時頂住了壓力，短短吼了一聲：

「唔……喔喔喔！」

他雙手犀利地分往左右一甩，黑暗光束就被撕得細碎擴散，消融在空氣中。

「黑暗氣彈」是ＩＳＳ裝備者發動「ＩＳ模式」後就可以使用的兩種攻擊之一。ＩＳ模式是Incarnation System Mode的縮寫，就如名稱所述，不是正常的必殺技，而是心念攻擊。BRAIN BURST程式中的想像控制回路，本來只是一種輔助性質的體系。而心念攻擊的運作邏輯，就是把精鍊的想像灌進這種回路當中，引發「覆寫現象（Overwrite）」的情形。

也因為是直接將現象覆寫，威力幾乎可以完全無視對戰虛擬角色所具備的正常防禦力。所以才會說只有心念可以抵擋心念。

而心念的學習當然極為困難。光是要學會「強化威力」、「強化射程」、「強化防禦」、「強化移動」這四種基本招式之中的任何一種，都得在無限制空間內進行漫長的修練。

但ＩＳＳ套件則是只要裝備上去，就可以賦予裝備者兩種技能，分別是強化射程的黑暗氣彈，以及強化威力的黑暗擊（Dark Blow）。儘管兩種技能都屬於基本招式，但只要會了這兩招，就能夠發揮萬能的攻擊能力。一旦被人以無法防禦的拳擊或雷射攻擊，而且還不用管必殺技計量表的消耗而連續出招，不會心念的中低等級超頻連線者根本無從抵禦。

春雪接受他師父，也就是Sky Raker的教導而學會的「雷射劍」的確是心念攻擊，類型卻屬於強化射程，威力本身比尋常的手刀突刺強不了多少。本來這種能力並不適合用於防禦，而且敵方集團發出的黑暗氣彈有著三人份的威力，然而春雪就是有把握。他有把握絕不會輸給這種招式，更覺得怎麼可以輸給這種招式。

「……射幾次都沒用的！」

春雪雙手加上心念的過剩光（Overray），朝並排在五十公尺外的這群襲擊者大喊。

「這招我已經看過、擋開過不知道多少次了！不會進化的攻擊有什麼可怕？」

說不知道多少次是有點誇張，但倒也算是事實。然而春雪連續擋開無數道黑暗氣彈，是在他變異成第六代Chrome Disaster的時候。如今他已經封印掉鎧甲，防禦力大幅下降。

然而在運用心念的戰鬥中，即使只是自我膨脹，達到極致後卻也有著重大的意義。硬碰硬的覆寫現象對決，說穿了就是比誰的想像更加堅定。變成Disaster時隨手揮灑就擋開黑暗氣彈的經驗，強化了春雪的想像。

相較之下，ＩＳＳ套件使用者的招式卻絕對不會強化。因為力量的來源不是他們的心，而是寄生在虛擬角色身上的義務。春雪的台詞喝破了這一點，但這群襲擊者似乎並不明白，除了其中一人以外的三個人再度舉起右手。

「就跟你們說……沒用的！」

這次春雪選擇在同樣的時機擺出攻擊態勢。他左手架在身前，右手後收到肩上，架式酷似黑之王Black Lotus的心念攻擊「奪命擊（Vorpal Strike）」。

「……黑暗氣彈。」

這次他微微聽見了對方以死氣沉沉的嗓音喊出招式名稱。

「雷射長槍（Laser Lance）！」

春雪將籠罩到肩膀的右手全力往前刺出，發出耀眼光芒的心念長槍就發出金屬質感的呼嘯聲延伸出去。銀光長槍和三道黑色光束在雙方的中間點碰在一起，激得光闇兩色火花四濺。

——太遠了嗎？

——不對，打得到！

春雪咬緊牙關，卯足想像力。

若說先前所用的「雷射劍」是讓雙手伸出的光劍高速伸縮的格鬥戰用招式，這「雷射長槍」則是把花時間凝聚的光束化為長槍從右手射出，屬於中距離用的招式。現階段他能保持百分之百威力的射程只有二十公尺左右，再遠威力就會急速衰減。長槍已經伸展到二十五公尺之遠，所以幾乎已經是堪用射程的極限。然而春雪自從聽黑雪公主講授說心念招式有第二階段，也就是「應用招式」存在之後，就自己花了很多的心思在研究上。

應用招式分為兩種，分別是兼具四種基本技能之中兩種以上的「混合技能」，以及無法歸類的「特殊技」。春雪為了彌補Silver Crow不擅長遠距離戰鬥的缺點，潛心摸索讓雷射長槍射程更進一步延伸的方法。而他在歷經不計其數的失敗之後找到的答案，就是用「劍」砍斷「槍」。

「嗚……喔喔……！」

春雪低吼聲中，伸直的右手慢慢後縮。想像上就像把試圖繼續衝刺的長槍當成橡皮拉長。當右手回到肩上，槍的彈性也拉到了極限。這一瞬間，再讓架在胸前的左手伸出短短的光劍。

「……上啊！」

春雪短短地喊出這句話，同時以左手劍切斷右手長槍最後端。

一聲撼動大氣的聲響中，光線長槍得到解放，以高速往前飛去。長槍和先前兩次攻防時一樣，一路沖散漆黑的光束，順著光束的軌道逼向襲擊者。

但春雪暗自取名為「雷射標槍」的這一招，由於生成的方式太硬來，有著命中精度不高的缺點。標槍在空中畫出小幅度的螺旋軌道，插在四名敵人戰力的一棟低矮神殿牆上。隔了一拍後，神殿迸出更加耀眼的白光，在建築物上轟出一個大洞。

到了這一步，這群襲擊者當中的半數——站在左邊的Mint Mitten與Plum Flipper才微微流露出動搖的跡象。相信她們一定尚未經歷過ＩＳ模式的攻擊被彈開，甚至受到反擊的情形。這兩個和Chocolat一樣嬌小的輪廓慢慢退開。

先前都不加入攻擊，雙手抱胸靜觀的修長虛擬角色忽然揮起右手。這人似乎拿著劍狀的武器，以長而尖銳的刀尖制止兩人退後的動作。想來多半是下達了指令，他們四人從快要崩塌的神殿一躍而下，慢慢走近。

「……Crow，你還挺行的嘛。」

「我就姑且說聲果然有一套呢。」

千百合與Chocolat在背後這麼說，春雪也小聲回答：

「還早呢，接下來才是重頭戲……而且接下來Bell和Chocolat，不對，我是說Choco，妳們才是主角啊。麻煩妳們啦。」

「ＯＫ，包在我身上。」

「就是說呢。」

他們三人迅速對答的時候，四名襲擊者仍然筆直走來。左邊的兩人腳步還顯得有些深硬，但她們身旁狀似隊長的修長虛擬角色，以及最右端的超大型虛擬角色，態度則十分從容。

接近到五公尺處，隊長再度舉起右手，要眾人停步。

從這個距離，就能夠看清楚對戰虛擬角色的細節。站在最左邊的是個雙手戴著大型手套，雙腳也穿著寬大長靴的女性型角色。包括那像是毛線帽的頭部在內，全身的裝甲都是明亮的薄荷藍。相信她應該就是「Mint Mitten」。

她身邊的另一個女性角色，則是肩膀、腰部與膝蓋都罩在球型裝甲當中，頭上也戴著圓圓的帽子，顏色是沉穩的紅紫色。一定是「Plum Flipper」

兩人都是嬌小可愛的虛擬角色，都和Chocolat Puppeteer有著許多共通點。然而她們可愛的感覺，卻因為附著在胸口的深紅色「眼球」——ＩＳＳ套件而大大減分。眼球發出飢渴的強烈光芒，虛擬角色原本的鏡頭眼光芒卻十分空洞。對於站在春雪身後的Chocolat，似乎也只當成破壞的目標。

——套件的干涉力已經很強了啊……

春雪在內心自言自語。記得Bush Utan遭到寄生時，頭三天還保有相當程度的原有人格。相較之下，Mint和Plum應該也是在三天前才受到寄生，卻已經像是受人操縱的傀儡。

想來是因為ＩＳＳ套件終端機每天晚上都會和盤據在中城大樓的本體同調，所以數量越多，對裝備者的影響力也就越大。

這不折不扣是分秒必爭的緊急事態。春雪咀嚼著這份認知，將目光轉向站在Mint她們右邊的這名像是隊長的修長虛擬角色。

這個人身材修長，但身體與四肢比Silver Crow還細。全身罩在薄膜狀的裝甲當中，簡直像是包著繃帶。由於臉部除了嘴角以外全都遮住，很難看出性別，但從身體曲線與散發出來的氣息看來，多半是女性型角色。她雙手各握著一把形狀奇妙的武器。

從分類來看多半是劍，但極端地前細後粗，刀身與握柄之間的部分長得突兀。握柄部分和一圈巨大的護手一體成形，構成一個扭曲的原形。裝甲色是明亮的紅紫色。

而最後一個人……只能用異樣來形容。

這個人大得不得了。身高遠比紅紫色的隊長要高，多半有兩公尺半，寬度也超過一公尺半。而且深綠色圓滾滾的身上完全沒有脖子或腰線，只有上半身略為上細下粗。

也就是說，這個人完全呈蛋形，要不是有從側面與下半身伸出的短短手腳，以及發出黃光的鏡頭眼，多半怎麼看都不覺得會是超頻連線者。附著在蛋形軀幹中心部分的ＩＳＳ套件也顯得小了好幾號。

春雪等人迅速分辨敵方集團特徵的時候，對方似乎也在做同樣的觀察。紅紫色的隊長一張臉都被薄膜裝甲覆蓋住，唯一露出的嘴角大幅上揚，說道：

「看你這銀色和光溜溜的腦袋，應該就是黑暗星雲的『烏鴉』吧？然後你身後的黃綠色是『魔女』。雖然沒料到會遇到這樣的不速之客，不過我們還是非常歡迎。歡迎來到世田谷區。」

沙啞的嗓音與語氣，讓春雪直覺猜到對方是年紀比他稍大的女性。這種人種是他最怕的對手，但現在狀況不容他退縮。春雪丹田蓄力回答：

「妳則是『Magenta Scissor』吧？」

從顏色與態度判斷，應該是錯不了，所以春雪說得堅定，但對其中一部分卻沒有把握，含糊地說下去：

「……咦，不對，是Magenta Scissors……是嗎……？」

儘管聽到千百合在背後嘆氣，但現在不是回頭請教的時候。印象中應該是「Scissor」沒

錯，但他記得英文課曾經學到，說如果指的是剪刀，就一定要寫成複數形的Scissors。

春雪懊惱地想著如果這裡是正規對戰空間，體力計量表下方就會出現角色名稱了。這位紅紫色的虛擬角色就再度露出妖豔的笑容，輕聲說道：

「『Scissor』就對了，小弟弟。我特地告訴過你，所以你再也不要再加上s囉。我最討厭這種『湊成對』的英文單字了。」

「……像是Shoes、Pants之類的？」

春雪不由得跟著問下去，Magenta Scissor就笑嘻嘻地點點頭說：

「沒錯沒錯，還有chop sticks之類的也是。」

她用喉嚨發出嘻笑聲說下去：

「這種東西要是不成對，就會被當成沒有價值的東西，不是嗎？像是只有一隻的鞋子，只有一根的筷子……你們不覺得很過分嗎？不管多麼漂亮又毫髮無傷，一旦不再成對，就會被當成垃圾。」

春雪不明白Magenta想說什麼，默默不語，背後的千百合則代他發出犀利的質問：

「這件事和妳對世田谷區的超頻連線者散播……不，應該說逼他們感染ＩＳＳ套件，有什麼關係嗎？」

紅紫色的虛擬角色動了動被絲帶狀裝甲捲住的臉孔，再度露出微笑。

「說有……應該也是有吧？只要所有超頻連線者都有這個東西，加速世界裡就會少掉一種我最討厭的『成對』概念。如果每個人都用同樣的招式，組搭檔的互補作用就會失去意義。」

「這……這種一點個性都沒有的對戰哪有什麼好玩的？」

千百合這麼一喊，Magenta就一副拿她沒轍似的模樣，攤開握著奇妙刀劍的雙手說：

「有個性才有意思？那麼……如果一個超頻連線者從創生時，就被賦予會受盡每個人嘲笑與厭惡的個性，又該怎麼辦？就像這個『Avocado Avoider』。」

她把劍上圈狀的握柄掛到左手腕上，用空出來的手掌輕輕摸了摸這濃綠色的蛋形虛擬角色。結果這令人仰望的巨大身軀微微晃動，不知道從哪兒發出了低沉的喉頭作響聲。

BRAIN BURST程式自動創造出來的虛擬角色，可說是五花八門。除了大致上屬於人形之外，可以說完全沒有共通點。這也就必然造成大多數超頻連線者不是造型帥氣或可愛，就是正好相反。前者容易受歡迎，後者也相反。很遺憾的，加速世界裡也有著這種傾向。

「……也不是每個人都一定會這樣對待他們吧？」

千百合尚未回答，春雪已經搶先說了。

「像現在他身邊不就有妳陪著？Magenta，從妳的口氣聽來，你們從套件散播出來以前就是一夥的吧？」

「很遺憾的，你猜錯了。我是到最近才認識Avocado。就在他才剛當上超頻連線者，受到好幾個人集中攻擊，點數就快耗光的時候。攻擊他們的人當中，還包括了Avocado的『上輩』。記得這個人還一直狂笑，說自己才不要這麼噁心的『下輩』。」

「……！」

春雪等人說不出話來，綠色的巨大身軀就再度發出低沉的聲音。春雪不由自主地注意到那不是憤怒，而是悲傷的聲音。

「我在Avocado再輸一場就會掉光點數的時候找他挑戰，給了他ISS套件。之後Avocado的絕地大反攻可精彩了。這些人當初以同團團員特權解除了挑戰次數的限制，就表示他們氣數盡了。他們有一半掉光了點數……Avocado的『上輩』也包括在內。怎麼樣？這樣你們還敢說超頻連線者需要個性？還能覺得有的超頻連線者要找誰組隊都行，有些人則絕對找不到人組隊，都是理所當然的？」

Magenta的手掌貼在Avocado的側腹部，肩膀微微上下擺動。

被問到這個出乎意料之外的問題，春雪只能再度沉默。

他覺得Magenta把所謂贏家、輸家的價值觀帶進加速世界是不對的，但同時也知道當他第一次看到Avocado Avoider時，就產生了覺得這個人異樣，非我族類的感覺。當時春雪並未把Avocado當成和自己一樣的超頻連線者看待，只把他當成應該要打倒的怪物。

打破沉默的，是之前一句話都沒說的Chocolat Puppeteer。

「……讓Avocado『上輩』掉光點數，真的是他本人的意思？」

「……妳說這話是什麼意思呀？巧克小妹妹。」

嬌小的巧克力色虛擬角色，堅毅地朝笑容老神在在的Magenta踏上一步，說道：

「ISS套件奪走的，並不是只有超頻連線者的個性。就連裝備者的善良與關懷都會奪走，反倒給予他們仇恨。即使妳的企圖達成，所有超頻連線者都裝上了套件，不平等與歧視也不會從加速世界消失，絕對不會！」

「……妳為什麼敢這麼斷定？巧克小妹妹的兩個朋友就贊同了我的想法呢。她們說與其關在小小的盒子裡，讓自己變強，得到戰鬥的力量來改變世界，要有趣得多了。」

「妳騙人！那是妳……是妳一個人的慾望！妳只是強迫其他超頻連線者感染妳的這種慾望！還有一件事……只有小荷和小莓可以叫我巧克！」

她說到最後，已經變成聲淚俱下的呼喊。

聽到這句話，死氣沉沉站在Magenta身後的Mint Mitten和Plum Flipper似乎微微顫動。但緊接著她們胸口的眼球就發出飢渴的紅色光芒，讓她們的鏡頭眼再度轉為空洞。

「……真是遺憾呀，Chocolat Puppeteer。所以到頭來我還是只能對妳動『手術』了？」

Magenta Scissor以多了幾分冰冷的嗓音這麼說，就把左手從Avocado身上拿開，甩著掛在手腕上的劍轉了一圈，重新握好之後，銳利的刀尖發出冰冷的光澤。

「Silver Crow、Lime Bell，只要你們袖手旁觀，我就不會動你們一根汗毛，畢竟我只準備了一個套件的『種子』。可是，如果你們想礙事……我們可會一次又一次地殘殺你們，殺到我們膩了為止喔？」

聽她這麼說，春雪反射性地回想這一帶的地形。從這間大學走荒玉水道道路去到櫻上水車站的傳送門，直線距離約有八百公尺。用上Silver Crow的翅膀是可以一口氣飛到，但如果Magenta Scissor等人的戰力遠超出他們所料，這樣的距離就太遠了點，很難讓他們三個人全身而退。

但即使撤退不成問題，Chocolat Puppeteer多半也不會跑。她做出了覺悟。即使一再遭到殘殺，賠上所有點數，也要用「處決攻擊」把兩名好友從ISS套件的支配之下解放出來。

要避免這種悲劇結局發生，唯一的希望就是由千百合構思出來的Mint &Plum奪還作戰。而這項作戰的成敗，就取決於是否能夠讓她們兩人活著，只打倒Magenta Scissor與Avocado Avoider。

Magenta述說的這段Avocado的過往，讓他們產生了動搖，這的確是事實。但既然在這個狀況下展開了對戰，也只有靠武力解決一途。這不是為了仇恨，而是為了透過超頻連線者的存在意義——「對戰」來和對方對話。

「不好意思，我們不能袖手旁觀。我們也有理由非和妳打不可。」

春雪斬釘截鐵地這麼說，Magenta不改臉上的微笑歪了歪頭問說：

「……是喔？是什麼理由？」

「妳上週把ＩＳＳ套件寄生在我們的一個好伙伴身上，我可不准妳說妳忘了。」

「啊啊，你是說Cyan Pile啊？虧我本來還很看好他呢……沒想到他竟然在同調時改變心意，做出攻擊本體的事來，讓我失望透頂。而且，拿他的事找我麻煩可是找錯人了，要知道當初可是Cyan特地跑到世田谷區來跟我要套件耶？我也答應了他的要求，用卡片的狀態交給他。」

「就算是這樣，妳應該也心知肚明。知道即使被封印在卡片裡，套件還是會對持有者的心說話，引誘他們裝上去……我想妳自己應該也有過同樣的經驗吧？」

「……」

春雪這句話讓Magenta收起了嘴上的微笑。她舉起左右手上下垂的劍刃，刀尖輕輕一碰。

「……剛剛這句話有點把我惹毛了。我是自願接受這個東西，為的是把加速世界導正到正確的方向。」

Magenta在身前交叉的劍刃往左右微微分開，就看到這個動作彷彿成了信號，讓包在胸前的一部分絲帶狀裝甲解開，讓一隻深紅色的眼睛在露出的虛擬人體表面猛然睜開。這當然就是和附著在Mint等人胸口的物體一樣，是ＩＳＳ套件，然而那血液般的色澤卻更加深沉，眼球的尺寸也大了一圈。

Ｍａｇｅｎｔａ的臉被捲上好幾層的絲帶遮住，所以看上去就好像套件才是她自己的眼睛。Magenta以看似無機質，卻又蘊含了深沉憎恨的「視線」朝春雪他們瞥了一眼，以更加冷漠的嗓音宣告：

「看樣子還是得請小弟弟你們消失啊。只要你們兩個從加速世界消失，Cyan應該也會回到我身邊吧。」

她讓ＩＳＳ套件寄生，應該已經過了十天以上，卻仍然看似完全保有自我，或許就是因為她有著堅定得駭人的意志力吧。春雪揮開心中萌生的畏懼，大喊：

「哪、哪可能會有這種事！不管發生什麼事，他絕對不會回到妳身邊！」

「那我們就試試看吧……說話也差不多說得膩了，我就如你們所願，陪你們玩玩。Mint、Plum、妳們兩個去解決Lime Bell，Avocado可以『吃掉』Chocolat沒關係。」

最後的指令剛讓春雪他們聽得瞪大眼睛……

Magenta緊接著高高舉起右手劍，尖銳地往下一揮。左側的兩名前「Petit Paquet」團員與右側的Avocado Avoider就展開了行動。

「Bell、Choco，照計畫進行！」

「包在我身上！」

「就是說呢！」

春雪他們快速交談完，立刻展開行動。首先Chocolat雙手往前伸出……

「『可可湧泉』！」

喊出招式名稱的同時，粉紅色的光芒從十根手指灑向廣範圍。接著就聽到地面迸開的聲響，從地面湧出大量的巧克力。這些巧克力覆蓋住直徑長達三十公尺的範圍，讓Mint、Plum與Avocado等三人腳步打滑。

「嘖！」

Magenta Scissor啐了一聲，往後跳開，更繼續大幅度後退，避開這已經不是巧克力池，而是巧克力湖的妨礙。春雪所站的位置當然也處於有效範圍內，但在招式發動的同時，他就已經用翅膀離地十公分左右。

背後的Bell和Chocolat也後退拉開距離，接著立刻展開下一個動作。Bell舉起左手的聖歌搖鈴，大動作轉動手臂……

「『香櫞鐘聲』！」

喊完往下一揮，輕快鐘聲中發出的光線，射向就站在她身邊的Chocolat。她已經事先破壞運動場上的能量水晶，集滿必殺技計量表，剛才全力發動「可可湧泉」而耗光，現在則靠著「香橡鐘聲．模式Ｉ」把目標時間回溯數秒的效果而重新回復。

計量表剛在轉眼之間重新集滿，Chocolat就喊出第二次招式名稱。

「『創造傀儡』！」

她伸向巧克力湖的手指共有四根。滑溜的牛奶巧克力湖水表面有四處隆起，從中跳出他們已經看慣的巧克力人偶，簡稱巧克人。兩隻撲向Mint與Plum，另外兩隻撲向Avocado，在腳下打滑而動作不靈活的三人四周靈活地移動，耍得他們不知所措。

遠程兼擾敵型對戰虛擬角色Chocolat Puppeteer，能先以起手招式「可可湧泉」讓地面湧出巧克力，阻礙敵人移動。接著還可以用必殺技「創造傀儡」從巧克力池創造出自動戰鬥人偶，叫它們去攻擊指定的目標。

巧克力池的規模與巧克人的人數，都可以用發動必殺技時伸出的手指數目來調整。十根手指都伸出時，巧克力池的直徑可以達到三十公尺，但會耗掉整條全滿的必殺技計量表。也就是說，一旦創造出最大規模的巧克力池，除非重新集計量表，不然就叫不出巧克人。然而只要和香橼鐘聲組合，就能夠突破這個限制。

創造出四隻巧克人，固然讓巧克力池的規模少了四成，但仍然足以絆住Mint Mitten等人。春雪確定作戰的第一階段成功，大喊：

「Avocado就麻煩妳們！我去和Magenta打！」

他張開翅膀，在幾乎擦過巧克力池表面的高度全力飛行，從Avocado與Plum之間穿過，直逼後頭的Magenta Scissor。

「還給我玩花樣……！」

紅紫色虛擬角色舉起雙手劍準備迎擊春雪。厚實的刀刃閃出光芒，但春雪照衝不誤。Silver Crow對物理的防禦力在金屬色當中算是較低，但對切斷屬性攻擊的抗性仍然比大多數正常顏色要高。他以雙手的裝甲，格擋從左右兩方同時揮下的劍刃。

鏗一聲尖銳的金屬聲響響起，濺出的火花照亮了雙方的裝甲。這一擋終究不能毫髮無傷，視野左上方的體力計量表減少了幾個像素的長度，但春雪不予理會，卯足全力振動翅膀。

「喔喔喔！」

Magenta彷彿被春雪的咆哮震懾住，腳步一亂。春雪不放過機會，貼身再度展開衝刺，直線切過整個運動場，一路把Magenta推到他們當初現身的神殿，在轟然巨響中撞上先前春雪以「雷射標槍」開出的大洞旁邊的牆壁。Magenta的身體有一半埋在牆上，嘴唇發出「嗚」的一聲呻吟。

春雪利用反作用力拉開一小段距離，為了在對方脫身之前就取得勝利，展開了一陣猛攻。

「喝啊啊啊！」

他幾乎腳不著地，利用雙翼的瞬間推力，雙手雙腳發出機槍似的拳打腳踢。這

「空中連續攻擊（Aerial Combo）」，打在Magenta的全身，將她的身體打得在牆上越陷越深。這些攻擊約有一半被兩把劍格擋住，但春雪的手腳數目比劍多了一倍。鑽過格擋的拳擊與腳踢，接連擊碎她身上紅紫色的絲帶狀裝甲。

從一開始春雪就料到她本身的防禦力並不出色。紅紫色在色相環上是微微偏向近戰的遠程攻擊型，在格鬥戰中應該很不耐打。

——不過，等一下，既然這樣，那為什麼Magenta Scissor的武器是劍？既然是用劍，顏色應該以藍色為主才對……

春雪繼續猛攻，腦中卻忽然閃過這個疑問。就在這一瞬間……

Magenta將雙手劍舉到身前交叉。鏗一聲金屬與金屬相嵌的聲響響起，原本分成兩把的劍刃瞬間變成另一種物體。這個物體有著兩片以一個鉚釘為支點的刀刃，以及大大的環狀握把。

——這已經不是劍，是剪刀（Scissors）！

當春雪注意到這點……

「不可以！快躲！」

幾乎就在同時，後方傳來Chocolat的喊聲。

「嗚……！」

春雪強行收住踢到一半的右旋踢，用翅膀往後推進。Magenta的雙手開始動作，但這時春雪已經離開三公尺以上。仔細想想，不管是劍還是剪刀，攻擊距離都一樣……不，剪刀必須雙手操作，照理說攻擊距離應該更短。

但Magenta嘴上卻有著淺淺的笑容。她以懷抱確信的動作，慢慢收起剪刀的刀刃。最大時相距將近一公尺的刀刃慢慢收到七十公分，再收到五十公分時……

春雪從虛擬角色的身體，聽到嘎一聲刺耳的聲響。兩邊腹部產生一種冰冷的金屬觸感，他趕緊低頭一看，但什麼都沒看到。然而這種觸感堅硬的壓力卻越來越強，冰冷也化為疼痛。

「這……？」

春雪發出驚呼，又想跳開一大步之際，聽到了金屬切斷金屬的異樣聲響。

Silver Crow的腹部劃過一條紅色損傷特效線。一陣令人頭昏眼花的劇痛竄過神經，讓他差點發出哀嚎，但春雪咬緊牙關忍住。

朝體力計量表一瞥，剛剛那一下減少了將近兩成。要是往後衝刺的動作再晚半秒，難保不會整個人都被剪成兩截。但是先不說這些，這種攻擊為什麼剪得到自己身上？剪刀的刀刃與Crow的身體明明離了將近四公尺之遠。

「……特殊能力『遠距裁切(Remote Cut)』。既然讓我動用了這招……小弟弟，你就沒辦法死得痛快了啊。」

Magenta Scissor以耳語般的音量說完，再度將兩片刀刃張到最開。這兩片刀刃分離時屬於

「小型的劍」，但合體後卻成了大得窮凶極惡的「巨大剪刀」。這件存在感增強得不可同日而語的武器再度發出冰冷的金屬聲咬合。

春雪不及細想，折疊起翅膀往右跳開，但左手仍然被淺淺地切了一刀，稍後才有火燒似的痛覺襲來，體力計量表又減少了五％左右。

唰。唰。唰唰唰！Magenta仍然卡在神殿牆上，接連開閉剪刀。春雪拚命想從刀尖的延長線上逃脫，但轉眼間全身就多了無數道割傷。

他滿心想用飛行能力逃向上空，但直覺在對他耳語，告訴他那是錯誤的決定。畢竟他不知道這剪刀的切斷能力能送到多遠。要是張開翅膀，Silver Crow的正面投影量就會增加將近一倍，也就是靶子會變大。要是被對方看準這一點攻擊，被剪斷一邊翅膀，等於是讓整個作戰提早宣告失敗。

春雪在地上拚命躲過接連來襲的隱形刀刃，一邊在內心沉吟。

這的確屬於紅色系的遠程攻擊，而且威力極強。

換個角度來看，這種能把位於簡單刀刃延長線上的目標剪斷的能力，也許就像是一梃能夠連續射出刀刃的快砲，但真正的問題是在於眼睛看不到攻擊。只能從剪刀所朝的方向來推測準星，而且Magenta Scissor可以自由調整發生切斷力的時機，要做假動作或掃射都是自由自在。

但既然有著這麼強勢的能力，Magenta為什麼一開始不用？甚至還把剪刀分成兩把？

就在春雪一邊拚命閃躲，一邊產生這樣的疑問時……

突然有個人影從旁攔在身前。這個人影體型單純，臉上沒有眼睛或嘴巴，全身都是咖啡色，是Chocolat Puppeteer創造出來的戰鬥人偶「巧克人」。這個只有雙拳可以作為武器的人偶毅然朝Magenta撲去，像是要把春雪擋在自己身後。剪刀朝著人偶所向之處冷酷地一剪。

喇一聲金屬聲響響起的同時，一道紅線竄過巧克人的脖子。春雪腦中不由自主地浮現人偶的頭滾落的光景，但這種情形並未發生。

儘管身首分家，但切斷面卻立刻融化，轉眼間就重新融合。仔細回想起來，當初第一次和巧克人打的時候，春雪的手刀突刺或千百合的手搖鈴攻擊也完全沒有傷到他們的跡象。想來就是靠著這種全身都是巧克力製的特性，讓切斷與貫通屬性的攻擊都變得無效。

她似乎被胡亂衝來的巧克人惹火，剪刀劇烈地一剪再剪。人偶的身體瞬間就被剪斷成五、六個部位，但還是立刻接合。

Magenta嘴唇一歪，將雙手握持的剪刀換到右手，握住左拳。

附著在她胸口的ＩＳＳ套件發出深紅色的光芒。Magenta全身籠罩在薄薄的黑色鬥氣當中，而這些鬥氣隨即凝聚到左手。

即使看到這有著壓倒性威力的漆黑波動，巧克人也絲毫不顯畏懼。他就只是踢著地面，舉起拳頭撲過去。

Magenta的嘴唇再度露出冷笑，唸出招式名稱：

「『黑暗擊』。」

籠罩著厚重黑暗的左拳撼動空氣與地面打了出去，在空中迎向巧克人砸下的右拳。那理應不怕打擊的巧克力製手臂不是融化，而是從接觸到對方拳頭的部分開始受到吞噬似的逐漸崩毀。ISS套件創造出來的心念攻擊屬性是「虛無能量系」，就連巧克力人偶也無從抵抗。

巧克人右手手肘到肩膀的部分瞬間被打掉，但黑暗擊的威力並不就此停住，連人偶的軀幹到頭部也都吞進黑暗之中。當拳頭在一陣沉重的震動聲響中揮到底，剩下的下半身也變回巧克力的液體飛濺開來。

當Magenta看到咖啡色煙霧後的光景，一張嘴大大張開。

她這才發現春雪跟在巧克人身後衝了過來，左手在空中游移，猶豫著該再度打出黑暗擊，還是重新握好剪刀。然而春雪的動作卻搶在她做出選擇之前。

——我不會讓你白白犧牲！

春雪心中對巧克人說出這句話，同時右手手刀銳利下劈。

「『雷射劍』！」

從指尖伸出的銀色光劍，從Magenta左手手肘上方劃過。經過短暫的延遲之後，她的手就從這條線斷開。無聲無息落下的左手先在阿拉伯式花紋的地磚上彈跳一次，才化為細小的碎片消滅。

「嗚嗚……」

Magenta Scissor低聲呻吟，同時彎下身體。春雪朝著這個多半是在強忍痛楚的對手說：

「這樣一來，妳就沒辦法再用這剪刀了，用一隻手應該沒辦法剪。」

「……所以我才討厭『成對』的東西。不管是剪刀、鞋子，還是人類左右對稱的身體。」

這就是Magenta的答案。儘管覺得這幾句話裡，包含了她不從一開始就動用剪刀，還想從加速世界中消除搭檔／配對概念的理由，但春雪尚未深入思索，她的嘴唇又動了：

「你注意到只要要了我一隻手，就幾乎能讓我的戰力癱瘓，的確值得讚賞啊，小弟弟。可是啊……你有個很重大的誤解。」

「誤……誤解？我誤解了什麼……？」

「就是啊……你以為我就是我這邊的主力。」

「這……怎麼看帶隊的人都是妳啊。而且妳也一直在指揮他們……」

「也不見得帶隊的人就是最強的吧？只要能拖住你這麼久，就表示我們獲勝了。不信的話看看你後面。」

Magenta剛這麼說完……

千百合哀嚎似的叫聲就傳進春雪耳裡。

「C……Crow！怎麼辦……這傢伙，怎麼打都完全不管用！再不快點，Choco她會……！」

春雪迅速轉頭一看，看到的是……

超大型虛擬角色Avocado Avoider毅然挺立，Lime Bell以聖歌搖鈴反覆敲打他蛋形的身體。

以及Chocolat Puppeteer被Avocado張開的大嘴一口直吞到胸部，發出呻吟的模樣。

5

「嗚……嗚……啊啊啊……」

春雪也聽見了Chocolat細小的叫聲。

「……Avocado的嘴裡雖然沒有牙齒，卻能夠舔掉任何超頻連線者的裝甲，只是花的時間長短不一樣。巧克小妹妹的巧克力裝甲看起來可好溶解得很啊，你還不快去救她？」

Magenta靠在神殿牆上，以忍受部位缺損痛楚的表情輕聲說道。

春雪朝紅紫色的剪刀手瞥了一眼，猶豫了一瞬間，不知道該不該給她致命一擊。

但她一隻手無法操作剪刀，最重要的武器「遠距裁切」已經無法發動。雖然有可能用右手發動遠程攻擊用的心念攻擊「黑暗氣彈」，但要這麼做就得丟下剪刀。儘管沒有根據，但春雪確信她不會這麼做。

「……用不著妳說！」

春雪喊了回去，立刻轉身。除了全力飛奔，還加上翅膀的推進力，以猛烈的速度轉眼間就逼近Avocado Avoider龐大的身軀。

「給我放開……Choco啊啊——！」

春雪一邊吼叫，一邊以右腳踢向地面，將尖銳的左腳腳尖筆直前伸。接著調整翅膀的推力與角度，讓全身高速旋轉。這一招「螺旋踢（Spiral Kick）」儘管命中精度較低，威力與貫穿力卻會加倍，所以對大型虛擬角色十分有效。

轉得像電鑽一樣的左腳，碰上Avocado那看上去也不怎麼厚的濃綠色裝甲，輕而易舉地當場穿破。一聲沉重的悶響響起，Crow的腳深深刺進Avocado的背部右側。

但也就只是這樣。這名蛋形超巨大虛擬角色儘管軀幹被貫穿幾十公分之深，卻彷彿一點感覺也沒有，繼續動著含住Chocolat的嘴。在痛覺加倍的無限制空間裡受到這麼大的損傷，照理說會因為劇痛而站都站不穩。

春雪驚愕之餘，以翅膀加上逆向推力拔出了左腳。本來這個動作應該會讓損傷特效光像鮮血似的噴出，但Avocado背上留下的大洞卻半點火花都沒噴。甚至還可以看到從表層分泌出來的綠色緩衝物質立刻填補這個洞，連薄薄的裝甲都當場重生。

「連、連剛剛那一下都打不出傷害……？」

聽到春雪驚呼，千百合踩著踉蹌的腳步跑過巧克力池，語帶焦急地回答：

「就是啊。不管用踢還是用打，都馬上就會再生！我想物理攻擊大概全部都會被吸收！哪有這樣的？又不是巧克人……」

就在十公尺外，Mint Mitten和Plum Flipper試圖排除在周圍迅速動來動去的兩隻巧克人，但腳被覆蓋住地面的巧克力弄得滑溜，舉手投足都礙手礙腳。

照理說應該還有兩隻巧克人在妨礙Avocado，卻看不到他們的影子。其中一隻應該就是跑來支援春雪，但另一隻呢……

「……被這傢伙吃掉了！」

千百合看穿春雪的心思，很快地喊完這句話。

「吃……吃掉了？」

「當初Choco不是說過，這就是巧克人的弱點嗎？Avocado把巧克人連著空氣一起吸進去吃掉，所以Choco就靠過來想多做一隻巧克人，結果連她也被……」

這時兩人不約而同地仰望Avocado巨大的身軀。Choco露出苦悶表情的上半身，從那位於約兩公尺高處的大嘴露了出來。

「嗚……！」

春雪咬緊牙關，從巧克力池起飛，來到Avocado的大嘴前方不遠處懸停，牢牢抓住Choco的雙手。他全力振動翅膀想拉她出來，但連一公分也拉不動，甚至還讓Choco的肩關節噴出表示發生損傷的紅色火花。

「嗚嗚……！」

聽到這細小的叫聲，春雪趕忙停下推力，Choco忍痛的表情卻並未改變。想來她那花瓣似的裝甲護裙，仍在Avocado Avoider的嘴裡遭到溶解。

這寬度將近一公尺的嘴巴上方，有著相對小——但直徑也有五公分左右——的鏡頭眼頻頻閃爍。隨著光芒的增減，蛋形軀幹深處也傳出重低音的說話聲。

「Chocolat……我喜歡……我喜歡……」

春雪一瞬間說不出話來，手上仍然抓著Choco的手不放，大喊：

「就……就算喜歡也不用吃掉吧！要是想跟人做朋友，只要好好說出來……」

春雪說到這裡，不由得說不下去。因為他注意到若要問到自己做不做得到這點，答案肯定是不可能。就連邀日下部綸來參觀校慶，都讓他差點引發脫水症狀，根本不可能做出更進一步的行動。

何況Avocado Avoider現在還受到會增幅負面情緒的ＩＳＳ套件寄生，照理說他現在的精神狀況，應該是無法靠言語說服的。

物理攻擊會受到吸收，也沒辦法強行拉出Chocolat。乾脆就像Avocado對巧克力人那樣，和千百合兩個人一起吃掉這龐大的身軀？怎麼可能！

春雪陷入苦思，就聽到一個斷斷續續的聲音說：

「要用高熱……不然就是，冰凍再加上打擊……呢。這就是巧克力人真正的弱點……相信……這位Avocado也是……」

說話的人是胸部以下都被含進嘴裡的Chocolat。巧克力口味的裝甲本來就沒什麼強度可言，相信已經在Avocado口中溶解得差不多了。一旦Chocolat死亡，解放Mint與Plum的作戰等於宣告失敗。她的體力計量表肯定已經不到一半。

「知、知道了！妳再忍耐一下！」

春雪這麼一喊，放開Chocolat的手，拉開一小段距離拚命思索。

無論Silver Crow還是Lime Bell，都完全沒有任何高熱或冰凍系的攻擊。如果「劫火巫女」Ardor Maiden在場，相信轉眼間就可以燒掉Avocado龐大的身軀，但現在當然沒時間從傳送門離開，回現實世界去和謠連絡了。

「小春！雷射劍不行嗎？」

千百合或許是聽見了Chocolat的話，在地上這麼叫喊，但春雪搖了搖頭：

「那招沒有熱量！」

心念攻擊「雷射劍」雖然名稱中有著雷射，攻擊屬性卻是純粹的「切斷」，完全不會產生熱量，「貫通」屬性的長槍與標槍當然也是一樣。即使用這些招式攻擊Avocado，相信他那柔軟的裝甲也會在轉眼間重生。

又或者，如果以超出重生能力的速度進行劇烈的物理攻擊，也許遲早會打到內部（假設真的存在）。但問題是Avocado的必殺技計量表將在這個過程中大量增加。他們不能冒險讓他加強溶解Chocolat裝甲的力量，或是發動新的招式。

——如果這裡是世紀末空間，就會滿地都是可以燒的汽油桶了。可是在靈域空間裡，根本到處都沒有火種……

思考運轉到這裡的瞬間，春雪猛然睜開雙眼。他掃動視線，注視位於運動場東方的一座小神殿。接著立刻轉回來面對Chocolat，壓低聲音指示她：

「Choco，叫出妳的朋友……叫小克來！牠應該射得出真正的雷射！」

聽到這句話，Chocolat彷彿暫時忘了痛楚，睜大了桃紅色的鏡頭眼，但隨即又搖了搖頭。

「不、不行……呢。小克，會攻擊你們……」

「不用擔心！」

春雪深深吸一口氣，丹田蓄力喊下去：

「由我來反射雷射！」

「……！」

Chocolat再度說不出話來，視線往左上方一瞥，看了看自己的體力計量表之後，慢慢地……

但深深地點了點頭。

「我明……白了。我相信你，Silver Crow。」

接著卯足所剩不多的氣力握緊雙拳，閉上眼睛大喊：

「……小克，救我……！」

反應立刻發生。

剛聽到東邊的神殿傳來咕嚕嚕嚕的一陣尖銳吼聲，一個狁猔似的身影就跑到運動場上。雖說是小獸級，但從頭到尾巴的長度也明顯超過兩公尺。這比幾乎所有對戰虛擬角色都大的身軀踩得白色地面鳴動，開始飛奔過來。

「Choco，再撐二十秒！」

春雪喊完就張開翅膀，從Avocado附近離開，全速飛向熔岩色石榴石獸。千百合從後方對春雪大喊：

「回復就交給我！」

「拜託妳了！」

春雪簡短地回答，飛了短短幾秒之後降落。就在短短二十公尺外，公敵的火紅雙眼燃燒著熊熊怒火。

「咕嚕嚕嗚嗚嗚！」

石榴石獸發出尖銳的咆哮，顯然把春雪當成了牠主人的敵人。只見牠短短的四肢用力停下腳步，接著頭放低，埋在額頭上的橢圓形紅寶石內開始閃動深紅色的光點，模樣酷似紅之王Scarlet Rain的主砲發射準備特效。

若把守護禁城的超級公敵「四神」除外，存在於無限制中立空間的怪物，也就是公敵，大致可以分成四類。

其中最強悍的就是以各地的大型迷宮最深處或知名地標為地盤的神獸級。即使以多達數十名老練的超頻連線者，進行周詳的準備與計畫來攻擊，也只要一個小小的失誤就可能全軍覆沒，是名副其實的怪物。據說曾經單獨打倒過神獸級公敵的就只有藍之王Blue Knight一個，他也因而贏得了「神獸殺手(Legend Slayer)」的封號。

其次則是稱為巨獸級的大型公敵。只要組成二十人左右的團隊，要穩操勝券也並非不可能，但過程中當然要求密切的配合，而且巨獸級公敵經常在幹線道路上移動，所以往往會發生人數不多的小集團不幸碰個正著，被公敵盯上而當場慘死的情形。綠之王Green Grandee就長年單打巨獸級公敵，把獲得的龐大點數換成卡片物品，重新分配給其他超頻連線者，這件事只有寥寥幾人知道。

第三級則是野獸級。平均體型約在五公尺左右，一般說要獵公敵，都是挑這一級當目標。但話說回來，據說連老資格的超頻連線者，也很難單獨打倒這種公敵。而且野獸級經常群體活動，打得正起勁時卻受到同種公敵連手攻擊而敗退的情形，也是時有所聞。

第四級的小獸級，則在很多軍團都被當成用來認定是否達到高手境界的考驗。也就是說，只要能單獨打倒這種公敵，就算得上能夠獨當一面。會挑戰的幾乎都是達到7級的強者，換個角度來看，也就表示即使只有一隻小獸級公敵，也有著相當於一名7級玩家的戰力。

春雪還只有5級，當然不曾單獨打過小獸級公敵。雖然有幾次不小心被盯上，只拖著一條命倖免於難，但只是挨到一發不起眼的遠程攻擊，都會被削減掉一大段體力計量表，讓他每次都發出慘叫。

但現在狀況絕不容他逃跑。

為了整整花上三天，在危險的無限制空間裡四處幫他尋找公敵的千百合。

為了獨自一人在世田谷區對抗ＩＳＳ套件蔓延的Chocolat。

為了被套件強行寄生，眼看長年的友情就要受到剝奪的Mint與Plum。

再者，儘管說不出明確的理由，但也為了Magenta Scissor與Avocado Avoider，這場戰鬥他不能輸。

「來吧！」

春雪大喊一聲，將雙手牢牢交叉在身前。

緊接著石榴石獸額頭上的寶石發出十字閃光，射出紅寶石色的雷射。

比起連續蒸發Crow十次的紅之王主砲，這道湧來的能量洪流由於口徑縮小，感覺密度更高了幾分。雷射一打中手上的金屬裝甲，轉眼間就以高熱將命中處周圍燒成橘紅色。

大部分的能量應該都被銀的特性，也就是九十五％的反射率反射到四周，但剩下五％會滲透裝甲，耗損他的耐久力。金屬外殼既是金屬色角色最重要的武器，也是他們的鎧甲。一旦外殼遭到破壞，內部的虛擬人體一瞬間就會蒸發。如果只是這樣繼續防禦，等著他的下場顯然會和當初找仁子修行時一樣。

——只想反射光線一定是行不通的。

春雪承受著燒灼全身神經似的灼熱感，對自己喊話。

——鏡子不只是反射光線的板子。反射說穿了就是拒絕。拒絕光線的東西，不可能會那麼美，那麼令人動心。

腦海中浮現出在四埜宮謠的家，在杉並能舞台的「鏡房」請她讓自己看到的那組巨大三面鏡。

謠說能樂的演員在戴上面具走上舞台之前，都要在鏡子前面集中精神。她把這鏡子形容為「陰間與陽間的界線」。

也就是說，鏡子不只是平面的板子，同時更是入口，也是出口。要接納、引導光線，再把光解放出去。

昨晚在謠家裡看過三面鏡，再聽她說起她哥哥四埜宮竟也——Mirror Masker那令人悲傷的故事時，春雪就隱約感受到了這個境界。

將直覺昇華為理解的導火線，就是和神祕的金屬色角色Wolfram Cerberus的激戰。第一戰他被打得一敗塗地，毫無還手之力，但經過今天午休的特訓之後所打的第二場，春雪就用黑雪公主親傳的「以柔克剛」技法撥開Cerberus的猛攻，化為摔技的威力將他重重摔在地上，以這樣的戰法獲勝。

在劇烈的攻防中，一旦想用力量對抗對方的力量，下一瞬間多半就會和昨天一樣，導致裝甲遭到粉碎。就是因為春雪接納了Cerberus的拳頭，融入自己的動作之中，才成功地使出了「四兩撥千斤（Guard Reversal）」。

既然如此，對雷射攻擊難道就不能依樣畫葫蘆嗎？

真正的鏡子會接受光線，只改變光的方向送出去。也就是說——

是對光以柔克剛。

——不要怕！

手上的裝甲還勉強留著，但體力計量表仍然一步步減少。春雪將意識從計量表上拉開，堅定地對自己喊話。

——我是「Silver Crow」，是當今的加速世界裡，最接近鏡子的對戰虛擬角色。儘管遠遠及不上名字裡就有「Mirror」的四埜宮學妹的哥哥，但至少總能在一瞬間……如果只需要短短一瞬間，我一定能和光融合，能成為引導光的「界線」。

——來，把畏懼和使力都丟開……要接納光！

春雪的雙手仍然在胸前交叉，但微微放鬆了嚴重前傾的姿勢，抬起了頭。

就在染成火紅的視野前方，和從額頭寶石持續發出強烈雷射的小型公敵對看一眼……就在他這麼覺得的瞬間……

體力計量表的減少與光線的散射都同時停止。並不是雷射中斷。雷射在他交叉的雙手正中央，凝聚成一個火紅的球體。

「就是……這裡啊啊啊！」

春雪大喊一聲，身體往左轉動，同時筆直伸出右手朝向十公尺外持續舔著Chocolat加以溶解的Avocado Avoider巨大的身軀。

空氣震動的聲響響起，來自石榴石獸的雷射，折射了一百二十度左右，再度往前射出，命中Avocado身體下半部，輕而易舉地射穿裝甲表層。

但雷射並未貫穿他全身。厚實而柔軟的緩衝材，就像對付物理攻擊那樣吸收著能量。

如果這次攻擊是實彈連發或衝擊波，Avocado的軟裝甲或許就能徹底抵禦住。然而Chocolat所料不錯，「高熱」似乎就是他的罩門，只見深綠色的表層裝甲以入射點為中心，轉眼間就染得火紅。但他仍然不放開嘴裡的Chocolat，這樣的覺悟確實令人佩服，但即使只是小獸級，公敵

的攻擊卻不是只靠覺悟就能抵擋得住。

短短三秒鐘左右，整個蛋形身體就烤得火紅，裝甲到處出現裂痕，下一瞬間……

一聲黏稠液體潑散的聲響中，Avocado Avoider巨大的身體應聲熔解。高黏度的液體尚未落到地面就蒸發消失，他的一張大嘴當然也當場消滅，讓被含在口中的Chocolat被拋向空中。眼看就要摔到地上之際，千百合跑過來用雙手接住了她。石榴石獸彷彿認知到Chocolat被放了出來，從額頭射出的雷射也跟著衰減，最後終於中斷。

「……呼啊啊……」

春雪吐出一口長氣，放鬆肩膀的力道。他低頭看看自己的雙手，發現本來應該烤得火紅的裝甲，變成了遠比平常更清透的銀色……或許應該說是「鏡子色」。盯著雙手看著看著，手上的鏡子慢慢散去，變回原本的白銀。

——剛剛那就是「理論鏡面」特殊能力嗎？我成功學會了……？

他這麼自問，但當然不會有人回答。如果當場打開系統選單，查看能力畫面欄位，應該就可以確定特殊能力是否增加，但現在他沒空這麼做。

因為接下來才是這場戰鬥的重頭戲。

春雪確定石榴石獸停止攻性化之後，就要跑向千百合她們，卻忽然瞪大眼睛。

因為他注意到有個奇妙的物體落在離她們兩人有一小段距離的地方。那是個直徑約三十公分的咖啡色球體，本以為是Chocolat創造出來的巧克力製物品，但質感不一樣。啞口無言地看了一會兒，這個球體就冒出短短的手腳，猛然站起後，一溜煙跑向運動場西側。相信應該是跑向靠在神殿牆上看著戰況的Magenta Scissor。

春雪再度靠近千百合，小聲問說：

「那個……是什麼？」

「不、不要問我好不好……」

回答這個問題的，是被Lime Bell抱在懷裡的Chocolat。

「大概……是Avocado的本體，或者應該說是種子……我想，放著不管，應該不會有害。」

「種、種子……還真的是有很多超出規格外的對戰虛擬角色啊。」

春雪搖搖頭揮開這些念頭，檢查Chocolat所受的損傷。大瓣裝甲護裙幾乎完全消失，雙腳的巧克力色也呈半剝落狀態，但尚未達到部位缺損的地步。

Chocolat像是要肯定春雪的判斷，小聲對千百合說：

「謝謝妳，Bell，放我下來沒關係的。」

「……嗯。」

千百合慢慢彎下腰，Chocolat就踏上地面，儘管一度腳步踉蹌，還是站了起來。

她轉動戴著淑女帽的頭，毅然望向運動場南邊。

彷彿就等她看過來……

已經聽慣的沉重震動聲響撼動了空氣，那是ＩＳＳ套件提供的黑暗心念攻擊發動聲。Mint Mitten與Plum Flipper用「黑暗擊」粉碎了妨礙她們行動的兩隻巧克人。

覆蓋住地面的「可可湧泉」也已經過了持續時間而消失。兩名小型女性型虛擬角色踩著死氣沉沉的腳步，從靈域空間原本的白色地磚上走了過來。附著在她們兩人胸口的眼球，閃爍著像是血液的紅色光芒。

春雪與千百合正要擺出備戰姿勢，但Chocolat輕輕搖了搖頭阻止。她讓自己滿身瘡痍的身體踏上一步，幾秒鐘之後，兩名過去的好友在只剩兩公尺遠的地方停下了腳步。

最先說話的，是有著毛線帽型頭部與鼓漲雙手的Mint Mitten。

「……巧克，妳為什麼不肯跟我們來？」

接著說話的是戴著圓滾滾貝雷帽的Plum Flipper。

「……我們一起變強吧。讓我們變強，一起改變世界吧，巧克。」

她們話說得親熱，聲音卻有些空洞，鏡頭眼的亮度也很弱，彷彿這些話不是她們兩個自己所說，而是胸口的眼球說出來的。不，也許這就是真相。

ＩＳＳ套件最大的特徵，就是每天晚上裝備者睡著時，都會進行某種「同步處理」。接收周遭的裝備者培養出來的負面思念，也把自己的負面思念散播給周遭。現在的Mint和Plum，就和在世田谷區蔓延的所有套件「上輩」Magenta Scissor的精神黑暗面同調。

「……小荷、小莓……要改變世界，不需要這種力量。」

Chocolat勉強讓受傷的虛擬身體保持直立，同時以充滿盼望的嗓音這麼回答：

「只要有一顆相信的心……世界就會改變。我就是從他們兩人身上學到這一點的……」

說著朝背後的春雪與千百合瞥了一眼，又隨即轉回前方：

「我們不管在現實世界，還是加速世界，都一直在害怕『外界』。把自己關在只有我們在，待起來很舒服的小盒子裡……不去看過去，也不去看未來。可是，這樣是不對的。我們之所以當上超頻連線者……是為了加速。為了拋開痛苦的回憶往前進。只要踏出一步，盒子的牆就會寬敞一步，世界也會改變。我們根本……不需要依賴這種不屬於我們的力量啊，小荷、小莓！」

Chocolat聲淚俱下卻又斬釘截鐵地說到這裡，就照著自己話中所說，拖著受傷的身體踏上一步。接著又走上第二步、第三步。

她已經來到Mint與Plum面前。

兩人的鏡頭眼變得更加陰暗，ＩＳＳ套件的光芒卻變得更強。兩隻顏色與形狀都不同的右手，籠罩在完全同質的黑色鬥氣之中。春雪反射性地就要踏上一步，但身旁的千百合搖搖頭制止他。

兩人以關節生鏽似的生硬動作舉起右手。

Chocolat毫不遲疑地讓自己暴露在這兩隻右手的正下方，張開苗條的雙手，同時擁抱住兩名好友的身體。

兩個ＩＳＳ套件劇烈地閃爍，從眼球放射出來的無機質情緒既像是仇恨，又像是畏懼。Mint與Plum本來的眼睛也和套件的混亂同調而產生了變化。先前一直偏灰色的鏡頭眼斷斷續續地增加亮度，舉在空中不動的拳頭也連連發抖，翻騰的黑暗鬥氣雖然密度漸增，卻不穩定地晃動。

如果她們兩人同時從這個距離使出「黑暗擊」，相信Chocolat的身體一定會被打得當場爆裂，不留痕跡。如果要照Chocolat當初所想的結局——以「處決攻擊」強制扣光Mint與Plum的點數，現在就是第一個也是最後一個機會。

但Chocolat不動。她低著頭，就只是用力再用力地擁抱兩名好友。

Mint與Plum不規則閃爍的鏡頭眼，流出白色的光點灑向空中。

這一瞬間有了動作的，既不是「Petit Paquet」軍團的三人，也不是春雪，更不是在遠方看著事態發展的Magenta Scissor，而是千百合——Lime Bell。

她高高舉起左手的強化外裝「聖歌搖鈴」，朝反時針方向快速而大動作轉動。一種像是學校鐘聲的聲響響起一次，兩次，三次，四次。

純淨的香櫞綠光芒就像液體似的從手搖鈴溢出，千百合將手搖鈴筆直往前方揮下，同時喊出招式名稱：

「香櫞……鐘聲——！」

從手搖鈴內迸射而出的光芒，閃出無數十字光點筆直流向前方，同時籠罩住Mint與Plum。從下往上屹立的光柱當中，兩人的身體微微從地面飄起。

千百合放低姿勢，右手支撐左手的手搖鈴，以拚了命似的表情持續射出光芒。春雪下意識地靠近她，用右手扶在她背上。和Chocolat同樣嬌小的身體頻頻顫抖，顯示出她有多麼專注。

Lime Bell的必殺技「香櫞鐘聲」除了在剛開戰時用來回復Chocolat必殺技計量表的「模式I』之外，還有著要耗掉整條計量表才能使用的「模式II」，效果是最多可以取消四階段目標對戰角色的永久性狀態變化。具體來說，像部位缺損、被物件寄生，或是裝備或取得強化外裝，這些改變都會被取消。

ＩＳＳ套件的裝備也就是物件寄生，也是取得強化外裝，所以推測以模式II取消應該是有效的。然而一週前，受到套件寄生的拓武卻斷言說：「這種方法除不掉我身上的套件」。理由是套件會以裝備者心中渴望力量的心意作為能量來源，發動模擬的心念系統，覆寫掉香櫞鐘聲的效果。

那麼照理說這次應該也除不掉Mint她們身上的套件，然而她們和拓武的情形有著一個決定性的差異，那就是Mint與Plum是被Magenta Scissor以剪刀剖開身體，強行讓套件寄生。

她們兩人先前說出像是渴望力量的話，但那並非發自她們內心的心情，而是透過每天晚上的平行處理，從其他裝備者身上灌進來的想法。既然如此……只要她們兩人心中還留著抗拒套件的心意，不，是還留著愛Chocolat的心意，就有可能用香櫞鐘聲取消寄生。

「拜託……一定要……！」

千百合持續發力之餘，以細小的聲音這麼呼喊。

「消失啊……！」

抱住千百合肩膀的春雪也擠出這句話，一心一意地祈禱。要是這項作戰失敗，之後就只有Chocolat被殺，或是她搶先「處決」她們兩人這兩條路可以走。他們不想再看到這樣的結局了，絕對不想。

淡綠色的光芒中，附著在Mint與Plum胸口的ISS套件像在抗拒似地灑出血色光芒。眼球大幅膨脹，遍布眼球的血管也劇烈脈動。

就在這時，兩人舉在空中不動的右手開始慢慢放下，瘴氣似的黑暗鬥氣也幾乎完全消失。拳頭鬆了開來，纖細的手指顫抖著伸向Chocolat。

「……小荷！小莓！」

Chocolat大聲呼喊，同時握住兩人的手。

一瞬間後，ＩＳＳ套件延伸出來的黑色血管當場乾枯，眼球也無力地放下眼瞼。寄生體就這麼化為黑色的霧氣，在綠色光芒中蒸發。

當香櫞鐘聲結束，Mint Mitten與Plum Flipper的胸口，已經不存在任何物件。

春雪用右手支撐住千百合軟倒的身體，拚命睜大眼睛。過去他在無限制空間內，捏碎一個叫做Olive Glove的超頻連線者身上寄生的ＩＳＳ套件時，就有紅色的光球用飛的逃走，但這次無疑沒有任何東西逃脫。

這意味著一件事，作戰成功了——兩個物件的存在被回溯，完全消失了。

「……成功了，我們成功啦，Bell！」

春雪用力握住左拳，靠在他右手上的千百合也抬起頭來，儘管表情疲憊已極，卻露出滿臉微笑。

Mint Mitten與Plum Flipper似乎暫時昏了過去，靠在Chocolat身上閉著眼睛。

當春雪與千百合走了過去，巧克力色的虛擬角色就抬起頭，白色的光點劃過光滑的臉頰。

「……最後，握住她們的手時……我聽見了她們說話的聲音。她們對我說：『對不起喔，巧克』……」

Chocolat以沙啞的嗓音這麼說，春雪與千百合同時對她深深點頭：

「嗯，已經不要緊了。等她們醒來，應該已經變回原來的她們。」
「Choco妳好努力。就是因為妳的心意傳達給她們知道，套件才會消失。」
春雪與千百合這麼一說，Chocolat就點點頭，隔了一會兒後說：
「……你們兩位也可以叫我『巧克』呢。」
她這麼快就恢復了原本的調調，讓春雪不由得苦笑，但她接著又說：
「只是我不會再讓你嚐了。」
這句話讓他當場直立不動。
千百合歪歪頭問說：「妳在說什麼？」就在Chocolat準備開口爆出春雪的所作所為之際……
稍遠處傳來「咕嚕嚕嚕嚕！」的尖銳叫聲。是小獸級公敵熔岩色石榴石獸——也就是小克發出要他們提防的聲音，讓眾人反射性地環顧四周。
結果他們看見了一個從西側緩緩走近的細長人影。眾人擺出架式戒備，但立刻又鬆懈下來。走過來的Magenta Scissor最強的武器——巨大剪刀已經再度分離成兩把，而且還掛在兩邊腰上。
當然她身上還裝備著ＩＳＳ套件，是可以用「黑暗氣彈」進行遠程攻擊，但現在她多半也無法這麼做。因為她的左手已經被春雪的雷射劍砍斷，右手則抱著一個直徑約有三十公分的咖啡色球體……也就是Avocado Avoider的「種子」。

「Cho……不對，巧克，不要讓小克攻擊。大概不會發生戰鬥。」

春雪小聲這麼一說，Chocolat儘管表情擔心，但還是點了點頭，朝待在運動場東側的石榴石獸舉起右手，公敵就採取趴下的姿勢。

「哇……牠好聽話……」

千百合說得十分佩服，看樣子她也感覺到戰鬥已經結束。但春雪還是站到Chocolat她們三個人的前面等待，就看到Magenta Scissor走到相當近的距離，停下了腳步。

Silver Crow受到剪刀剪傷與小克的雷射燒傷，可說是滿身瘡痍，但Magenta的狀況也差不了多少。她身上多處絲帶狀裝甲碎裂，露出相當多人體部分。尤其被切斷的左手應該還在痛，但這名身材修長的女性型虛擬角色並沒有表現在臉上，淺淺地微笑著說：

「……光是折射公敵的雷射來溶化Avocado的裝甲就已經夠讓人嚇一跳了，竟然連ＩＳＳ套件都能消除，也許該說你們真不愧是那個女人的手下……？」

「……妳認識黑之王？」

聽春雪這麼問，她尖銳的肩膀上下動了動。

「算是認識吧……至少夠讓我不想再跟你們糾纏下去，惹得她本人跑出來……」

「妳都這麼說了，應該不會再對巧克她們出手了吧？」

對千百合的逼問，Magenta再度微笑：

「說來遺憾，但這也沒有辦法。反正就算再寄生一次，多半也只會被你們去除掉。我決定放棄北邊，改朝東邊進行。」

這句話是宣告即使她暫時放棄收編Chocolat她們三人，卻並未放棄原本的目的——「將ＩＳＳ套件散播到整個加速世界」的意志。春雪本想問她為何如此堅持，但還是決定不問。動機他已經聽Magenta親口說過，說要從加速世界當中，消除因為能力與外觀差距而發生的不平等。

春雪在鏡面面罩下用力咬緊牙關，將視線轉向被Magenta Scissor抱在懷裡的咖啡色球型虛擬角色。

說這個小小的球體就是身高高達兩公尺半的Avocado Avoider本體，實在讓人很難相信。但那短短的手腳與彈珠般的鏡頭眼，都和他剛登場時頗為神似。而且……附著在相當於胸口部位的縮小版ＩＳＳ套件也證明了這一點。

「……那我們就來比賽，看是妳先達成目的，還是我們先破壞ＩＳＳ套件的本體。」

春雪吞下心中無數種情緒這麼說，Magenta就露出他們見過最大的笑容：

「……這句話由你說出來，就一點也不像是空口說白話，真是不可思議呢。也好，我們就來比賽吧。在這之前……我可得先把獎品送給贏得這場戰鬥的你們才行。」

她抱著Avocado的右手兩根手指一伸，也不知道從哪兒拿出來的，只見兩張方形物體夾在這兩根手指上。這是春雪也已經看得十分眼熟的卡片物品，但這兩張卡片有著他第一次看到的消光黑，表層用深紅色的字體記載著物品名稱。

「這是從Mint Mitten和Plum Flipper身上分開的ＩＳＳ套件。這兩件回到我的物品欄裡，只是資料可能受到了汙染啊……被一些像是關懷、善良之類的東西汙染。我沒地方用，就交給你們處理了。」

Magenta以讓人猜不出真心的語氣這麼說完，手指一彈，兩張卡片旋轉著飛出，插在春雪腳邊的地磚上。

「是、是要我……怎麼處理……？」

春雪內心正納悶這算是可燃物還是不可燃物，就聽到Magenta又聳了聳肩膀：

「隨你們高興。要煮要烤，要解析……都隨便你們。對了，還有幫我帶一句話給Ｃｙａｎ Pile。告訴他說上週我把套件保留在卡片的狀態交給他時說的那句：『我很中意你，所以就這麼送給你』，是我的真心話。」

一聽到這句話，先前一直不說話的千百合就挺直腰桿大喊：

「等等……我、我們為什麼要幫妳傳這種話？而且妳為什麼會中意Pile？」

「哎呀，他那左右不對稱的外型不是很棒嗎……哎呀，說到這個，妳也挺不錯的嘛。」

Magenta若無其事地這麼回話，還對Lime Bell露出妖豔的微笑。看來連強者千百合也無法立刻做出回應，嚇得全身僵硬。Magenta看到她這樣，一瞬間加深了笑意，無聲無息地轉過身去。

春雪看著這修長的輪廓重新抱好Avocado的種子，朝櫻上水車站的方向走遠時，內心一陣掙扎。

Magenta Scissor今後多半也會繼續在加速世界散播ＩＳＳ套件。要想阻止她，也許就應該立刻展開攻擊來打倒她，等過了一小時她復活後又再度打倒，就這麼連續殺到她扣光點數為止。憑現在雙方的戰力差距，多半是辦得到的。

然而……Magenta應該也知道春雪他們有這個選擇。如果他們在Mint與Plum的ＩＳＳ套件遭到淨化時，就立刻撤退到登出點，應該就可以去除被連續追殺的危險。

但她卻不這麼做，為了和春雪與千百合交談而走了過來。包括送來兩張卡片在內，怎麼想都不覺得她有意設下具有惡意的圈套。Magenta多半是為了即使被ＩＳＳ套件寄生卻並未消失的尊嚴，特意踏入這敗戰之地。

春雪就是不忍心從背後攻擊這樣的對手。

他將視線從漸行漸遠的人影上移開，蹲下來撿起腳邊的黑色卡片。在他身旁的千百合擔心地問說：

「碰、碰這個沒關係嗎？」

「只要不按使用鈕，或是喊出啟動指令，應該就不要緊吧……」

春雪嘴上這麼說，卻也不太敢長時間握著這卡片，於是迅速打開系統選單，選到物品欄收好兩張卡片。收好之後抬起頭來一看，寬廣的運動場上已經看不見Magenta Scissor的身影。

春雪細細咀嚼著內心湧起的這股連自己都不明白成分的複雜情緒，轉身面向左後方。Chocolat跪在地上，懷裡的兩名少女虛擬角色似乎也醒了過來，苗條的手腳微微顫抖。

春雪想走向她們，但被千百合抓住手臂。

「讓她們三個人自己聚一聚吧。」

聽千百合輕聲這麼說，春雪點點頭回答這也說得是。

儘管聽不見談話內容，但Chocolat Puppeteer、Mint Mitten和Plum Flipper似乎在慢慢交談。過了一會兒後，咖啡色、水藍色與紫色的手伸了出來，三名少女緊緊相擁。

春雪看著這美麗的光景看得出了神，卻被從左側闖進視野之中的巨大影子嚇得背往後仰。這個影子的真身，是軀幹有著犰狳狀的甲殼包覆，有著短短的手腳，額頭上的橢圓形紅寶石還發出光芒的公敵——小克。

Chocolat命令牠「趴好」，但相信牠一定是忍耐不住。公敵用牠流線型的頭部往三名少女身上磨蹭，發出咕嚕嚕、咕嚕嚕的叫聲向她們撒嬌。

不知不覺間，春雪和身旁的千百合牽緊了手，默默看著「Petit Paquet」軍團的三個人與一隻動物。

在這個當初只是想找公敵特訓而來到的世田谷區，有了出乎意料之外的邂逅，進而被牽連進這場意料之外的激戰，但春雪由衷慶幸自己在今天這個時間，來到了這個地方。

千百合似乎也有著同樣的感想，帶著淚聲的嗓音輕輕觸動春雪的聽覺。

「……太好了。」

儘管覺得加速了很長一段時間，但當她們經由傳送門回到現實世界，顯示在虛擬桌面左下方的時間卻過不到一分鐘。

門下方的縫隙傳來加了鳳梨的糖醋排骨迷人的香氣，但離晚餐時間的六點半還有將近整整十分鐘。春雪覺得自己又飛又等又打的，肚子早就餓扁了，但不管是多麼厲害的超頻連線者，也沒辦法加快時間的流動。

他靠坐在比自己的床柔軟一些的床墊上，長聲呼出一口氣，立刻就聽到左邊極近處丟來一句話：

「……討厭啦，小春，也不用回到這邊還哭吧？」

春雪反射性地轉過頭去，結果含在眼眶內的神祕液體流了出來，劃過臉頰在床單上染出痕跡。

「我、我才沒有哭！」

春雪嘗試做這種國小生似的抗辯，同時以手背用力擦了擦眼角，但淚腺的水龍頭似乎壞了，水滴接連不斷地湧出，劃過臉頰流下。就在春雪放棄截斷水源，正要轉身背對千百合之際……

春雪從隔著液體薄膜而使景物顯得扭曲的視野中，注意到千百合的臉上也有著閃閃發光的東西。

「……妳自己還不是在哭？」

春雪嘸著嘴這麼一說，千百合也不掩飾眼淚，露出又哭又笑的表情：

「有什麼辦法嘛……因為高興和悲傷都滿了出來……是兩倍啊。有什麼辦法呢？」

「……也是啦。既然是兩倍，那還真沒辦法……」

春雪對這奇妙的邏輯表示贊同之餘，內心想著原來如此。

目送Magenta Scissor與Avocado Avoider離開後，胸口湧起的大部分情緒都是「悲傷」。

為什麼會悲傷？是因為想到本來也有可能有著不一樣的未來。

「……為什麼……」

春雪再度把臉朝向天花板，從哽咽的喉嚨擠出聲音：

「為什麼，就非得這樣打個你死我活不可……」

若說在正規對戰空間裡進行的正規對戰，是比拚雙方智慧、技術與毅力的「格鬥遊戲」，那麼在無限制中立空間展開的心念戰鬥，則是只拿雙方怒氣與仇恨比拚的玩命「鬥爭」。

春雪當上超頻連線者還只有八個月，等級也才剛升上5級，但已經數次置身於這樣的狀況。然而不管是哪一場鬥爭，都絲毫沒能帶給他半點對戰的興奮與樂趣。今天和Magenta Scissor展開的激戰也是一樣。儘管抓準她依賴「黑暗擊」而露出的破綻使出「雷射劍」險勝，但內心留下的卻只有深深的無奈。

「……要是我沒把世田谷當成人口流失區，多去玩玩……純粹以超頻連線者的身分認識，正常地打打對戰，相信和她也一定能夠……」

——一定可以交上朋友。

春雪硬生生吞下這句話，正想在床上趴著，千百合就用力抓住他的肩膀。

「還沒有……還沒有結束啊，小春。我們就先把所有ISS套件都從加速世界中消滅，然後再去找Magenta和Avocado吧。下次還要把小拓、黑雪學姊、楓子姊姊、還有小謠他們也找去。這樣一來……這樣一來……」

「……嗯，也對。」

春雪點點頭，右手用力擦了擦臉，這次總算勉強停住了眼淚。

千百合也坐起上身，從床頭櫃抽出面紙，按了按眼角。接著從自己和春雪的神經連結裝置上拔掉傳輸線，一邊捲著線，一邊大幅度切換語氣說：

「別說這些了，小春，我都看到了！你完美地反射了小克的雷射，這一定表示你成功學會了特殊能力吧？」

「咦？呃、呃……我也不太確定……」

看到春雪從床上坐起，搔著後腦杓，千百合立刻對他露出滿臉拿他沒輒的表情。

「你這是什麼話嘛？這是發生在你自己身上的事，有沒有學會總該知道吧！」

「可、可是啊……要確定有沒有學會，就得再找人對我發射雷射……」

「我．說．你．喔！不用這麼麻煩，只要現在立刻打開BRAIN BURST的操作畫面，看看Silver Crow的能力畫面，不就馬上知道了嗎！」

「……！」

春雪恍然大悟地在膝蓋上一拍，就看到千百合拿他沒輒的表情進化成徹底拿他沒輒的表情，但春雪也不放在心上，手指在虛擬桌面上滑動。他敲了敲熊熊燃燒的B字樣圖示，從打開的操作畫面中叫出虛擬角色能力畫面。

接著戰戰兢兢地將預設的正規招式分頁，切換成特殊能力分頁。他一瞬間撇開臉，但還是咬緊牙關用眼角餘光去看視窗……結果看到兩行英文字串。

「喔、喔喔！有兩種！」

春雪這麼一喊，千百合也忍不住探出上半身。

「等等，讓我也看一下！」

千百合再度鬆開正要收起的ＸＳＢ傳輸線，用右手與左手將兩人的神經連結裝置直連。一般來說即使直連，其他人也看不到BRAIN BURST程式的選單畫面，但只有在對方也是超頻連線者的情形下會解除這個限制。

「呃，我看看……」

千百合從左邊湊近得臉幾乎都要貼了上來，春雪也和她同時唸出視窗上浮現的字串。

第一行是【Aviation】。不用說也知道是飛行能力。

至於第二行則寫著……【Optical Conduction】。

「……奇怪……」

春雪發出這麼一聲，千百合也跟著把頭往右猛歪。

「怪了……記得『理論鏡面』的特殊能力……英文不是寫成『Theoretical Mirror』嗎？」

「嗯、嗯……記得我聽到的也是這樣……」

春雪一邊感覺滴進心中的不祥預感不斷巨大化，一邊點了點頭。接著對自己喊話說可是我就是反射了雷射，就是變成了鏡子，同時從虛擬桌面右側叫出英日辭典ＡＰＰ，按下語音輸入鈕。

「……Optical Conduction。」

他儘可能以比較正確的英文發音指定要查的單字，幾乎完全不用等，就顯示出翻譯出來的日文。千百合也看著同個畫面，於是兩人異口同聲唸出顯示的內容。

「……光學，傳導……」

即使翻譯成日語，還是讓人摸不清楚意思。當春雪以和千百合往右歪頭同調的動作，把頭往左一歪，門外就傳來期待已久的千百合媽媽喊話的聲音。

「小千，小春，吃飯囉。」

千辛萬苦學會的新特殊能力，看來並不是七王會議上要求他學會的「理論鏡面」，這個事實帶來的擔憂與不安，也無法取消空蕩蕩的胃追求鳳梨糖醋排骨的衝動。

春雪深呼吸一口氣，看著身旁千百合的臉說：

「……接下來的就等吃完飯再說吧。」

結果這個認識他十四年的兒時玩伴輕輕搖了搖頭說：

「……我有時真覺得小春的精神面其實可能超堅強的耶。」

6

到了六月二十七日。

梅雨鋒面在東京上空賴著不走，今天也是從一早就下著小雨的天氣。

春雪比平常早了十分鐘做好上學準備，拿起以前父親用的一把比較大的雨傘走出家門。他沿著環狀七號線的人行道往南行進，從中央線高架軌道下走過，朝常去的高圓寺陸橋路口前進。今天是星期四，照慣例是「Ash對Crow戰」開打的日子。

照他們之間自然而然定出來的規矩，是由前一次的勝利者花1點超頻點數加速向對方挑戰。然而前天星期二的那場對戰裡，Silver Crow和Ash Roller都被「轟雷」空間的雷電擊中，體力計量表同時被打光。

照他們之間的規矩，平手時要換人挑戰，所以今天輪到Crow挑戰。但春雪來到路口天橋上之後，仍然不將神經連結裝置連上全球網路，而是下到環狀七號線的內圈那一側，在位於轉角的一家便利商店前停下腳步。

過了兩分鐘左右，就有一輛綠色的ＥＶ公車在一小段距離外的公車站牌處停車。下車的乘客只有一個。這個人一撐開米白色的傘，就小跑步跑了過來，帶得斜背包都跟著甩動。

「日、日下部同學，用跑的很危……」

春雪正要趕緊勸阻，咖啡色的帆船鞋已經在淋濕的路面上一滑。她嚴重失去平衡，跑得東倒西歪，卻不可思議地並未跌倒，在春雪面前驚險地煞車成功。

春雪立刻收回等著扶她的左手，重新打了聲招呼。

「早安，日下部同學。」

「早安……有田同學。」

這個連人帶傘一起鞠躬的人物，當然就是Ash Roller的本尊日下部綸。她和春雪一樣是國中二年級生，但就讀的學校是位於澀谷區笹塚的女校，從位於中野區江古田的家裡搭公車上學。

笹塚位於京王線的沿線上，朝往東京都外的方向搭個四站，就是昨晚去到的櫻上水站。儘管直線距離不到四公里，但這一帶有著杉並區、澀谷區、世田谷區等區的界線，所以在加速世界裡會覺得比實際距離更加遙遠。春雪昨天上線時，就從未意識到這個其實距離相當近的笹塚車站。

——只是話說回來，綸的學校所在的澀谷第三戰區，就緊鄰在世田谷區東邊。這個事實令他覺得好像有哪裡不太對勁，但看到綸從白色傘緣下露出的笑容，這些念頭當場就被沖散。

「這個，對不，起，我做了任性的要求……」

綸說著又要鞠躬，春雪趕緊同時搖動左手與臉：

「沒、沒關係的，一點關係都沒有！只是對戰先打還是後打的差別而已。」

綸所謂任性的要求其實全不費工夫，就是想在進行慣例的對戰之前，先在這個路口說幾句話而已。春雪本想和前天一樣，打完對戰之後再聊，但即使改變順序，也不覺得會有什麼問題。

然而綸為什麼偏偏在今天，會想把對戰延後呢？

「這個……我是想說如果先打對戰，家兄可能會對你說一些多管閒事的話……」

「多管閒事……？例如說……？」

「呃，例如說……『想邀我妹參加校慶，你這臭烏鴉還早了MILLION YEARS呢！』之類的……」

「……原、原來如此。我懂了，我懂得不能再懂了。」

綸表演的模仿語氣極為逼真，讓春雪不由得額頭冒汗，連連點頭。

日下部綸無疑是Ash Roller的本尊，但在加速世界打鬥的對戰虛擬角色身上所具備的人格，不，應該說靈魂，卻又不是她自己。操作世紀末機車騎士的，是綸那個曾經當過ＩＣＧＰ賽車手的哥哥日下部輪太。儘管不確定其中的運作邏輯，但在春雪的認知裡就是這樣。

Ash Roller溺愛妹妹，每當春雪一接近就會發火，但要是有什麼活動不邀她，這個哥哥又會生氣，可說不講理到了極點。春雪邀請綸參加梅鄉國中的校慶，是在前天的對戰打完之後，因此可以推知Ash也共有這段記憶。這也就表示他在今天的對戰中，極有可能變成Mega Heat狀態。

——咦，等等，可是，這不就表示，如果在對戰前就先和日下部同學說話，Ash兄的怒氣就會穿破Giga這一級，達到Tera Heat？

春雪一瞬間想到這個念頭，但現在沒空遲疑了。根據從公車站牌標示柱所發的公車運行資訊，綸要搭的下一班車已經來到只差三站的地方。

春雪先把這位哥哥的事情擺到一邊，開始操作虛擬桌面。他叫出的文件檔案，就是三天後即將舉辦的校慶邀請函。每一名學生都會拿到三張邀請函，但由於校方預設學生招待的來賓都是近親，所以限制不能透過全球網路發送。

春雪透過神經連結裝置之間的無線通訊功能，把今天早上請還在床上的母親蓋上許可印的邀請函傳送給綸。檔案只剩兩個，但反正他也沒有人可以邀請。

「只要神經連結裝置裡放著這個檔案，就可以通過梅鄉國中的校門，所以等妳快到的時候跟我連絡，我會去接妳。」

春雪這麼一說，綸就將雨傘靠到右肩上，雙手珍而重之地捧著多半已經顯示在她虛擬桌面上的邀請函檔案。她那秀氣中帶著點少年氣息的臉上，露出了燦爛的笑容：

「謝謝你……的邀請。我……非常，高興。我絕對，絕對會去。」

「嗯、嗯……只是話說回來，我也只有幫忙弄一些班上展示的東西。」

根據前天簡單查過的結果，拓武參加的劍道社要在道場推出一種叫做「角色扮演演武」的神祕表演，千百合的田徑社則聽說要擺賣可麗餅的攤位。除此之外，竟然還聽到由黑雪公主擔任副會長的學生會，也要在校內網路舉辦機密活動，春雪提到自己時會說得有點抬不起頭來，也是無可厚非的。

春雪現在也肩負飼育委員長的重任，只可惜飼育委員會本身創立還只過了十天。即便如此，他也不是沒想過要借一間教室裝飾成叢林風格，展示他們飼養的唯一一隻動物——白臉角鴞「小咕」。但他想到小咕本來就屬於比較神經質的品種，而且又剛從松乃木學園搬來，被很多人看應該會對牠造成太大的壓力，於是打消主意，並未對「超委員長」謠提議。

二年C班當中，並未參加社團或委員會的七名學生所辦的攤位叫做「三十年前的高圓寺」，也不知道該說這個主題很有文化氣息，還是不痛不癢，一進入教室，就會展示二〇一〇年代的東高圓寺商店街照片，還會隨著參觀者在路線中行進而自動捲動畫面。乍看之下做得很精細，其實作為主軸的程式都是拿現有的程式套用。春雪他們所做的工作，就只是從梅鄉國中的資料庫與各人家用伺服器中找出當時的照片放進去。實際作業估計只要星期六一天就會結束，很遺憾的，這樣的內容實在不太能抬頭挺胸要綸來看。

但綸的笑容絲毫不此因而黯淡，她朝春雪走上一步，雙手用力握緊雨傘說：

「這個，班級展示的部分我當然也很期待，可是……有田同學邀請我參加校慶，才讓我真的，真的好高興。因為……」

說著臉又湊得更近，把音量壓到最低，說道：

「……因為……在加速世界裡，邀請其他軍團的超頻連線者進自己學校，是禁忌中的禁忌……」

聽了這句話還能夠保持笑容，對於內心情緒容易直接顯現在表情上的春雪來說，簡直是個小小的奇蹟。

因為春雪邀請綸參加梅鄉國中的校慶，並未和軍團長黑雪公主或其他任何一名團員商量過。他只是擅自覺得「綸和整個黑暗星雲的團員都已經打過照面，應該沒有問題」，但說不定其實大有問題？如果真有問題，會是什麼樣的問題？

——春雪強制按捺住內心的擔憂，連連點頭說道：

「不、不用擔心的，我們軍團的人也都很期待見到日下部同學……當然我也是。」

「……謝謝……你。」

綸雙眼水汪汪地這麼輕聲細語，又拉近一步距離。雙方的雨傘有一半疊在一起，灰色與白色的撥水材質建構成了一個小小的避難所，暫時將他們兩人與外界隔絕。

不只是雨聲，連身邊幹線道路來去的ＥＶ車輛馬達聲都慢慢遠去，營造出一種不可思議的寧靜。綸透明的嗓音就在這陣寧靜中吞吞吐吐地流出：

「我……一直，一直，在想像。想說，如果超頻點數的機制，從加速世界中消失，會怎麼樣。想說如果變成對戰只關係到贏了會高興，輸了會不甘心……就不用擔心什麼現實身分曝光之類的問題，所有超頻連線者，在現實世界也都可以好好相處了……」

說到這裡，綸一瞬間說不下去，帶著點灰色的眼睛流出閃閃發光的美麗淚珠。春雪看著這些淚珠勉強留在睫毛上發光，一時說不出話來，專心聽綸說下去：

「……可是，我想，說不定，就算維持現在這樣的機制不去改變……這樣的日子，有一天也會來臨……想說有田同學，會改變，世界……」

「咦……這，這麼了不起的事，我……」

春雪正想說我絕對辦不到，綸的手就輕輕按住他的嘴。纖細柔滑的指頭碰在嘴唇上的感覺，讓春雪心臟砰然一跳。

「有田同學，只要繼續像現在這樣，飛在加速世界的天空……就好了。看到你飛的樣子，大家應該……都會感受到一些東西。感受到一種……重要的東西。就跟我一樣。」

她從春雪嘴上分開手指，輕輕按住自己的嘴邊，露出滿面笑容。她的表情實在太無邪，太脫俗，讓春雪甚至無法意識到她的手指引發了所謂的嘴唇間接接觸現象。

當綸面帶笑容退開一步，兩把雨傘分開，就覺得四周的噪音同時都回來了，其中還包括了從北方開來的公車所發出的沉重行駛聲響。

「……公車都來了。」

綸說著眨了眨眼，輕輕摸摸戴在她苗條頸子上的金屬灰色神經連結裝置。這具外殼上有著閃電狀裂痕的裝置，是她哥哥輪太以前參加比賽時用的。

「我很期待……貴校的校慶。家兄，一定也是一樣。」

綸最後又說了這句話，連人帶傘一起鞠躬行禮，轉身快步跑開。這一跑之下又是一滑，但這次也並未摔倒，一路跑到公車站牌，搭上了幾秒後停下的公車。

春雪這才回過神來，看到綸從關上的車門後對自己輕輕揮手，於是趕緊揮動左手回應。公車發車低沉的馬達聲開洞，通過陸橋下的路口往南遠去。

春雪一邊在腦海中不斷重溫綸留下的話，一邊開始踏出腳步。他走上天橋，一路走到正中央之後停下腳步，將神經連結裝置連上全球網路。一看到確認用的對話框出現，立刻說了聲：

「超頻連線。」

啪一聲衝擊聲響響起，整個世界凍結成藍色。春雪以粉紅豬模樣出現在起始加速空間(Blue World)，打開BRAIN BURST的對戰名單。名單上列出十幾個名字，他當然選擇了「Ash Roller」。

——如果對戰變成只關係到贏了會高興，輸了會不甘心……

春雪在腦子裡複誦這句話，按下對戰鈕。

藍色的世界立刻開始轉變，同時春雪的豬型虛擬角色也逐漸變為白銀的對戰虛擬角色。

經過短暫的飄浮感後，金屬的雙腳踏上橫倒在地的樹幹。周圍的光景也變得迥然不同，道路變成了長滿青草的山谷，四周的大樓則化為長著青苔的巨樹。這是自然系．木屬性的「原始林」空間。

就在倒數計時數到1799的同時，山谷南側傳來V形雙汽缸引擎粗獷的吼聲。綸所搭的公車應該還離不到兩百公尺，憑Ash Roller所騎的美式機車，這樣的距離轉眼間就到了。

春雪張開背後的翅膀，從本來是天橋的橫木輕飄飄地下到山谷正中央，在原地等待機車接近。綸那句話帶給春雪的感動仍然迴盪在心中，讓他想在對戰開打之前，先和Ash哥哥也聊上幾句。

短短幾秒鐘後，就在草叢後方看到掛有燈罩的車頭燈發出黃色的光芒。原始林空間裡有時間流逝，現在算是快到傍晚，但還是能夠將跨坐在機車上的騎士身影看得清清楚楚。

他還是老樣子，穿著加上金屬裝甲的皮衣，戴著有骷髏面罩的安全帽，但就是有些地方不太一樣。春雪狐疑地凝神一看，發現骷髏眼窩裡兩道火焰燒得火紅，而且有長條縫隙並列的面罩嘴部還拖著白色的蒸汽。

「我、我說Ash兄……」

春雪剛說到這裡，騎士就以穿著皮靴的左腳猛力把換檔踏板往下一踢，並在催動油門的同時，粗暴地接上離合器。粗獷的前輪猛然舉起，整部機車就這麼拖著青草猛衝而來。

「你～～這～～隻～～臭～～烏～～鴉～～！」

一陣不輸給引擎咆哮的怒吼撼動整個空間，讓春雪嚇得跳了起來。

「咿，咿咿咿咿？」

他反射性地想飛起，但必殺技計量表還是空的。儘管他立刻轉身狂奔逃竄，但車頭燈的光轉眼間就追了上來。

「你這傢伙——！竟然跟我妹——間接——間接接吻呀混帳——！YOU——！SHALL！CRASH——！」

「NO、NO THANK YOU——！」

靠慣性持續轉動的前輪，輕輕擦到拚命奔跑的春雪背部。體力計量表微量減少，同時必殺技計量表也集到了一點點，春雪立刻將這些部分灌進翅膀，化為推力。儘管無法起飛，但靠著雙手在空中揮動的大跳躍，總算避免了被車衝撞的情形，繼續往北逃跑。

但幾秒鐘後，去路上卻莫名地出現一道巨大的牆壁，讓春雪瞪大眼睛。這個山谷本來是環狀七號線大道，照理說應該會一路延伸到對戰空間的邊緣。也就是說，這道牆壁不是真的牆壁，而是某種大得像是牆壁的東西。

「啊，不行，Ash兄，不可以——！」

春雪總算注意到牆壁到底是什麼，趕緊大聲叫喊，但這位大哥燃燒著空前怒氣，絲毫不想放緩節流閥。只要春雪稍一減速，一定會被前輪拖倒，還會被後輪壓平，所以他也只能繼續直線前進。

距離這道濕潤而有光澤的褐色牆壁不到二十公尺時，這個像一座小山的物體全身抖動，接著開始移動。

原始林空間最大的特徵，就是有著媲美無限制空間中野獸級公敵的大型生物物件棲息。而現在這個因為午睡受到打擾，在春雪與Ash的去路上不高興地抬起粗壯頸子的生物，肯定就是已知的同類物件當中最強的暴龍。

自動跟隨到四周樹林的觀眾之中，就有一個人發出傻眼的聲音。

「我還是第一次看到有人在這種場地叫醒『睡暴龍』。」

「不愧是Ash對Crow戰，果然精彩。」

剛有人這麼回答，春雪、Ash與機車就一起撞上暴龍的側面腹部。

「……哈呼～～……」

春雪靠坐在椅背上，從朝向正上方的嘴吐出一口長氣。

從早上就下個不停的雨，在第三堂課的上課中停了一會兒，被漆成灰色的天空也亮得多了。很多學生都不想錯失良機而來到校庭裡，午休時間的喧囂乘著有點冰冷的風直送到屋頂。

「班上要展示的攤位忙得完嗎？」

坐在身旁的拓武一邊打開綜合三明治的包裝一邊這麼問，春雪就拉回脖子的角度點了點頭。

「嗯，需要的照片差不多都齊了，之後只要在星期六排進顯示順序就可以收工……倒是你要扮什麼角色？」

春雪同樣一邊撕開炒麵麵包的包裝一邊反問，拓武就縮了縮他寬廣的肩膀露出苦笑：

「說是男子劍道社負責演武的動作設計，衣服則由女子部準備。她們量尺寸量得格外仔細，讓我有不好的預感……」

「哈哈，這可真讓人期待，我一定會去看。」

春雪短短地笑了笑，大口咬上麵包。兩人一起嚼了一會兒，同時拿起裝著優格飲料的紙盒吸了一口。

「……那，小春，你是不是有事要找我商量？」

春雪正要咬上第二口，就聽到拓武突然這麼說，牙齒當場咬了個空。他放下炒麵麵包，露出尷尬的笑容。

「什、什麼都瞞不過你啊……真不愧是黛大師。」

「畢竟有田大師會邀在下一起吃午餐，我當然會覺得一定另有動機啦。」

這位好友得意地笑了笑，之後鄭重表情：

「然後呢？這次你又捅出什麼漏子啦？」

……總覺得最近也聽過這句話啊。

春雪有了這樣的念頭，但不去細想，迅速往四周看了看，確定沒有其他學生在之後，有點委婉地問出問題：

「我、我說啊，阿拓，我只是想到……校慶這種日子，是不是挺危險的？我是指對超頻連線者來說。」

「啊啊……嗯，的確屬於要小心提防的活動。畢竟這是一年只有兩次，能讓其他學校學生合法連進校內網路的機會之一。」

「兩、兩次？另一次是什麼日子？」

「當然就是入學考試啦……可是遇到入學考試的日子，在校生原則上都不會來上學，所以就危險度而言，校慶要高出一些。」

聽完這條理分明的說明，春雪恍然大悟地點點頭。

「那、那……把邀請函送給已經知道是超頻連線者的外校學生，會不會……很危險？」

春雪戰戰兢兢地問出相當接近核心的問題，但所幸拓武似乎只當成一般論，露出大大的苦笑說：

「我想這樣反而很安全。畢竟這種情形不就表示彼此都知道對方的現實身分嗎？就像紅之王和Leopard姊那樣。我想就算找她們來校慶，保全上應該也沒什麼風險吧。」

拓武說完又小聲補上一句「只是可能會有其他種風險」，但春雪正暗自鬆一口氣，沒聽見這句話。

既然仁子和Pard小姐OK，那麼同樣「彼此間互相知道現實身分」的日下部綸當然應該也OK。這樣看來，應該不需要事先徵求團員的同意。

——對了，既然還有兩張，乾脆真的跟仁子和Pard小姐問問看吧？不然放著邀請函不用就太浪費了。好，等放學後我就馬上發郵件……

「該注意的，反而是其他學生邀請來的近親或朋友。因為這些人當中有著超頻連線者存在的可能性絕對不是零。」

拓武這句多了幾分認真的話隔了一會兒才傳進腦裡，讓春雪連連眨眼。他想了一會兒後，點點頭說的確如此。

「……只要這個人在校慶中查看過一次對戰名單，馬上就會看出這裡就是黑暗星雲的大本營啊……」

「嗯。可是受邀請的客人也得將個人資料登記在名簿上，所以自己也得負擔一定程度的風險。校慶對超頻連線者來說的確是需要小心提防的活動，但這個說法其實有正反兩種意思。一是舉辦校慶的該校學生不應該放鬆戒備，另一種則是不要貿然參加外校的校慶。我想這幾天軍團長應該也會提起這件事。」

「這樣啊……原來如此啊……」

春雪把剛剛這些話和著炒麵麵包一起咀嚼，拓武就往上推了推眼鏡橫樑，再度露出得意的笑容。

「……那，小春是要邀請誰？還是說已經邀請了？」

「咦？沒、沒有，這、這個……」

「小春知道現實身分的外校超頻連線者應該相當有限啊。Raker姊和Maiden應該會由軍團長邀請，那麼就剩下紅之團的兩位，再不然就是……」

「呃、呃呃，別別別、別說這些了，還是來討論如果真的有我們沒見過的超頻連線者混進來賓裡要怎麼辦……」

春雪右手拿著所剩不多的炒麵麵包，左手拿著盒裝優格飲料，慌張地胡亂揮舞。最後拯救他的，是一個通知收到純文字郵件的圖示。拓武似乎也同時收到了這封郵件，於是移開視線。

兩人不約而同一起開啟的郵件非常樸素，只在黑色的背景上，用淡紫色的字型寫著兩行字。

【抱歉提得這麼唐突，我想在五分鐘後開會。我會透過校內網路，請各位以自動觀戰方式進入對戰空間，還請先做好準備。有問題麻煩回信給我。】這段本文的後面，有著一個用來代替署名的蝴蝶標誌。

兩人看完郵件，關掉視窗後，郵件就擅自自我刪除，連收信記錄都不留下。春雪和拓武對看一眼，同時歪了歪頭：

「……就算學姊一向急性子，也還真是突然啊。而且還要在對戰空間開會，是出了什麼事嗎？」

「嗯……如果是要講我們軍團在校慶當天的方針，應該不必這麼急啊……」

拓武都猜不透的事，春雪自然更猜不透，於是他停止思索，說道：

「總之還是先把午餐吃一吃吧，畢竟古人說肚子餓了就沒辦法加速……」

「古人沒這麼說，不過我贊成。」

兩人花了一分鐘消滅剩下的炒麵麵包與綜合三明治，接著春雪與拓武又花兩分鐘分別吃完當甜點的巧克力螺旋麵包與牛奶布丁，異口同聲說了聲吃飽了。千百合應該正在學生餐廳和女生朋友吃午餐，但利用正規對戰開的會，最多也只有一點八秒，只要假裝以完全潛行方式連進校內網路，應該不會有問題。

春雪與拓武把垃圾丟進屋頂角落的垃圾桶後剩下一分鐘，他們坐到長椅上準備加速。預告的時刻一秒不差，冰冷的雷聲灌滿整個聽覺，將兩人的意識從現實世界分離出去。

7

今天第二次來到的戰場，是有乾澀的風從許多紅褐色奇岩間呼嘯而過的「荒野」空間。這是自然系．土屬性當中最平靜的屬性之一，沒有棘手的地形效果，也沒有可怕的活動物件。

春雪慶幸這個空間很適合開會之餘，先朝左右兩邊的體力計量表瞥了一眼。右側，也就是挑戰者，是Black Lotus，於是春雪心想那麼被挑戰的可能就是Lime Bell，沒想到上面的名字卻是Sky Raker。

「咦！姊姊為什麼連上梅鄉國中的校內網路？」

這個聲音是從正後方傳來，轉身一看，Lime Bell那鮮豔的黃綠色就映入眼簾。站在身旁的Cyan Pile似乎也有著同樣的疑問，於是由搶先一步聽說過原因的春雪來解釋：

「這是因為黑雪公主學姊說，她終於成功地偷偷安排好能夠從外界連進校內網路的入口。」

「喔、喔喔……真不愧是以沒有砍不斷的東西知名的黑之王說……」

千百合以奇怪的說法表達佩服，拓武也讓他那有著幾道橫向縫隙的面罩點點頭，接著環顧四周說：

「那，相信Maiden應該也在觀眾當中……」

「是，我在這裡。」

剛從聳立在他們三人北方不晚處，本是梅鄉國中第一校舍的岩山裂縫聽到這個回答，嬌小的巫女型虛擬角色就在他們面前現身。

四埜宮謠應該是從位於杉並區南方的松乃木學園國小部上線。三人和她打完招呼後，四個人一起望向西北方。顯示兩名對戰者位置的雙軸游標指著這個方向，但兩名當事人尚未現身。

荒野空間內的建築物不能進入，而且建築物都變成岩山，裡面根本沒有可進入的內部結構。然而在現實世界中本是校舍或大樓的大型岩石當中，則有著迷宮般的細小裂縫，要是不小心卡進去，有可能得費一番工夫才能脫身。

「……這個方向，應該是學生會室吧。要去找找看嗎？」

春雪想到黑雪公主與楓子可能是在岩山中迷路，於是這麼提議，但尚未有人回答，垂直聳立的岩山峭壁上就竄過幾道灰色的光。

巨大岩石露出乾淨俐落的斷面而崩塌，從後現身的就是四肢有著長刃劍的對戰虛擬角色Black Lotus，以及嬌小的身體罩在純白連身洋裝裡，任由一頭像是液態金屬的長髮隨風吹動的Sky Raker。她們兩人一看到春雪等四個人，就快步走過來說：

「不好意思，讓大家久等了。我想從山上出來，可是每一條路都是死路。」
「不過找不到路就砍壞牆壁，以巨大迷宮的攻略法來說可真不是普通的邪魔歪道。」
「妳、妳還不是說要用疾風推進器飛出去？」
「迷宮沒有屋頂就表示准許挑戰者用飛的，從以前就是這樣。」
「妳騙人，妳絕對在騙人。」
春雪是很樂意聽黑雪公主與楓子這種還是一樣默契十足的一搭一唱，但遺憾的是視野上方的倒數計時正在不斷減少，於是戰戰兢兢地插話說：
「我、我說呢，學姊，師父，差不多該開始開會……」
「嗯……、沒、沒錯，現在不是討論迷宮的時候了。」
黑雪公主清了清嗓子，重新站好，楓子就很有默契地退到她斜後方。
「首先請讓我為打斷各位難得的午休時間這件事道歉。抱歉突然叫各位過來。」
「我也要向大家道歉，是我請Lotus叫大家集合的。」
也就是說，是楓子帶來了緊急的情報，不能等到放學後，必須立刻召集全軍團了？春雪等四人將視線轉到楓子身上，但她似乎已經決定交給軍團長主持，用手勢要黑雪公主說下去。
看到她這樣，黑之王輕輕點頭，從意料之外的方向進入正題。
「各位當中有沒有人知道，下北澤有一間叫做『明北學院』的國高中一貫教育式男校？」

春雪是第一次聽見，但站在左端的拓武則微微舉起裝備在右手的「打樁機（Pile Driver）」。

「有的，軍團長，在東京都內是排名相當前面的升學校。」

「唔，他們國中部的全國統一測驗平均分數，三個學年都比我們梅鄉國中高了10分左右。」

春雪完全看不出現在是往哪個方向討論，點頭之餘卻又歪了歪頭。黑雪公主對團員的這種反應不為所動，有條理地說下去：

「這種徹徹底底的升學校，往往對各種校內活動不太熱心。不是修學旅行只辦簡略版，就是運動會或校慶都用節能模式帶過。下北的明北學院也屬於這種學校，校慶只挑平日舉辦半天。具體來說，就是在今天上午。」

「是、是喔……」

春雪應聲之餘，心想平日應該沒有太多來賓去參觀，而且如果中午就結束，攤位應該也很少。就在這時……

「軍團長，難道說……」

拓武似乎只聽這些情報就猜到了幾分，發出緊繃的聲音。

「……他們在校慶中，受到襲擊……？」

「襲、襲擊？」

春雪和千百合同時先喊出聲音，才總算領悟到這意味著什麼。說在校慶時受到襲擊，指的不會是競爭學校的學生跑來打人，也不會是受到武裝恐怖分子佔領。這指的當然是加速世界的事情。

「……明北似乎有三名參加綠之團的超頻連線者就讀。他們被一名超頻連線者經由校慶時對外校開放的校內網路接連挑戰……聽說全部被打敗。」

「……！」

不只是春雪與千百合，連多半已經推測到話題走向的拓武與謠，都尖銳地倒抽一口氣。

BRAIN BURST的對戰空間是以現實為基準，若是在學校對戰，地形就會把校舍與體育館等設施的配置原原本本地重現出來。也就是說，地利應該掌握在明北學院的三名學生這邊。

「……幸幸，知道襲擊者和打輸的三位是幾級嗎？」

回答謠這個問題的不是黑雪公主，而是楓子。

「這只是傳聞，所以不一定正確，但聽說他們三人都是5、6級，而襲擊者方面也是6級。」

「幾乎同等級……可是卻在敵方陣地裡大獲全勝，這可是非同小可啊。該不會……襲擊者用了那個……？」

「看樣子是這樣。聽說明北學院的三個人，是被帶有黑色特效的光束跟拳擊打得毫無招架之力。」

聽楓子這麼說完，春雪又和千百合異口同聲地大喊：

「I……ISS套件……！」

「錯不了。這就表示ISS套件裝備者，終於光明正大地對六大軍團之一展開了攻擊。」

黑雪公主說到這裡先頓了頓，才以更增幾分緊張感的嗓音說下去：

「聽說對方輕而易舉地打敗第三人之後，留下了一句話。說：『如果想要這種力量，就到世田谷第五戰區來』。」

聽到這句話，春雪下意識地握緊雙拳。

等級達到5、6級，就表示這些人是早已脫離新手境界的中級玩家。而且參加長城的玩家，不可能會輸給這麼露骨的誘惑……至少他是這麼盼望。然而ISS套件的力量實在太具壓倒性，就連已經達到心念系統第二階段的春雪，對那遠近皆宜的萬能攻擊能力，仍然深深感到恐懼。

「想變強」的心情，是所有超頻連線者共通的根本欲求。整個加速世界裡，又有幾個人能在見識到無從抗拒的強大力量之後，再聽對方說願意送出這種力量，還完全不動心的？春雪自己就曾經不止一次輸給「災禍之鎧」的誘惑，呼喚了它的名字。

「問題的關鍵，就在於不是以正常方式透過全球網路對戰，而是看準校慶，在校內網路展開攻擊是吧……」

拓武這句話讓春雪中斷思考，抬起頭來。這個淡藍色的對戰虛擬角色不但是黑暗星雲裡最重量級的近戰型角色，同時也身兼參謀的職務。只要他左手放到面罩上說下去：

「幾乎所有超頻連線者，都會把自己就讀的學校當成重要性不下於自己家的『最後防線』。如果校內有多名玩家，也就是同伴，那就更不用說。而這最後防線被人攻進來，而且我方還全軍覆沒，相信精神上應該會產生相當嚴重的動搖。就像今年四月，我們自己親身體驗過的那次……」

「……阿拓……」

春雪忍不住叫了他的名字，拓武就微微點頭表示自己不要緊。哪怕只是暫時，但兩個月前，春雪真的相信自己的一切都已經被「掠奪者」Dusk Taker奪走。相信拓武也一樣不只是動搖，甚至被打落絕望深淵。

當時春雪自己不就死命抓住Ash Roller指給他看的希望嗎？所幸Ash介紹給他的是Sky Raker，但如果當時春雪在遇到Ash之前就碰到ISS套件裝備者，而對方說願意把這種力量分給他，他實在沒有自信能夠拒絕。

「……如果明北學校的這三個人，認為最需要保護的東西遭到破壞，他們受襲擊者引誘的可能性……我想並不是零。」

拓武喃喃說到這裡，抬起頭看了黑雪公主一眼，以堅定的嗓音問說：

「軍團長，攻擊明北校慶的超頻連線者，叫什麼名字？」

「嗯？啊啊……原來我還沒說啊？是『Magenta Scissor』。」

聽到這個名字的瞬間，拓武只是點點頭說了聲果然如此，但春雪和千百合卻不由自主地劇烈反應：

「咦……？」

「怎麼會……！」

他們同時發出的叫聲，讓其餘四人的視線集中在他們身上。

春雪與千百合對看一眼，同時點了點頭。他們本來就打算今天放學後就和其他人說明，這個會議反而來得正巧。

「呃……我還沒跟大家報告，其實我和小百在昨天晚上，就在世田谷區和Magenta Scissor交戰過……」

春雪戰戰兢兢地這麼一說，這次換黑雪公主等人發出驚呼聲：

「你……你說什麼？你和千百合一起，也就是說你們打的是搭檔戰了？那麼Magenta的搭檔是誰？」

聽她接連問出好幾個問題，春雪搔了搔頭盔的後腦杓部分回答：

「這、這個，也不知道該說是搭檔戰，還是團體戰……因為我們打的不是正規對戰，是在無限制空間進行的遭遇戰……」

這句話讓其他四人什麼話都說不出來，春雪於是先清了清嗓子，才開始照順序說明昨天晚上發生的事。

先是千百合在世田谷第二戰區的櫻上水車站附近，發現了會使用雷射攻擊的公敵。他們兩人想找這個公敵來進行特訓，以求學會「理論鏡面」特殊能力，結果去到無限制中立空間，卻有著意料之外的邂逅。接著就和Magenta Scissor率領的襲擊部隊展開激戰，贏得苦澀的勝利……

「……Chocolat Puppeteer她們幾個軍團『Petit Paquet』的團員，說最近會來杉並和我們打招呼。我覺得沒什麼問題，所以直接答應了……這應該不要緊吧？」

春雪以這樣的問題結束說明，就看到黑雪公主先和楓子，再和謠交換視線，莫名地先搖了搖頭之後才點頭回答：

「嗯，還好，這是不成問題……可是才剛找Wolfram Cerberus打完雪恥戰，真虧你還有力氣進行這種大冒險啊……」

「要、要是知道事情會弄成那樣，我才不會去呢！」

春雪反射性地這麼回答，但立刻又推翻了自己的話。

「不、不對，要是知道的話，我反而會把學姊、師父、小梅、阿拓你們全都找去……」

「就是說啊，我實在不忍心丟下巧克她們不管。我真的很慶幸我們在昨天那個時間上線，因為要是再晚個五分鐘，說不定一切都已經結束了。」

春雪對千百合這番話深深點頭表示同意，立刻又接了句：「可是」。

「……可是啊小百，Magenta Scissor會襲擊明北學院，說不定……不，我想多半就是因為發生昨天那場戰鬥。」

接著轉頭面相黑雪公主說：

「……學姊，昨天那場戰鬥結束後，我對Magenta是這麼說的。我說：『那我們就來比賽，看是你先達成目的，還是我們先破壞ＩＳＳ套件的本體。』……Magenta說她會放棄北側，改往東側進行。下北澤就在世田谷區的最東邊對吧？也就是說，Magenta Scissor只是將她的宣告付諸實行。從這個角度來看，就等於是我叫她這麼做……」

「春雪，這你就錯了。」

春雪不知不覺間說得抬不起頭來，聽到主子這句話說得堅毅，才驚覺地抬起頭。

黑之王Black Lotus的面罩，幾乎全都被紫水晶色的半鏡面護目鏡遮住，不像Sky Raker或Lime Bell那樣可以看到表情。即使如此，春雪仍然感覺到黑雪公主正露出嚴厲卻又溫柔的微笑。

「你所做的事情，就是保護一個昨晚本來可能被消滅的軍團，將兩名超頻連線者從ＩＳＳ

套件的支配下解放出來……就只是這樣而已。Magenta Scissor既然已經把世田谷第二到第五戰區都納入勢力範圍，去進攻包括下北澤在內的世田谷第一戰區，本來就只是時間問題，怎麼會是你的責任……只是你做特訓沒邀我，我倒是有點不滿。」

「就是說啊，小春，小千。要是你們說一聲，我也會奉陪的啊……」

連拓武都跟著黑雪公主發出有點受傷的聲音，讓春雪趕緊雙手亂搖：

「不、不是啦，這是因為，這個，也不知道該說是自然而然，還是說身不由己。剛剛我也說過，如果知道會發生戰鬥，我一定會硬把你們都拉去……」

「哈哈，我知道的。而且……小千多半是顧慮到我。畢竟地點是在世田谷。」

拓武這句話讓春雪小小吃了一驚，千百合卻縮起肩膀，以讓人難以判斷是承認還是否認的聲音說：

「呃，也不是顧慮，我只是怕這樣會害小拓想起不願想起的事情……」

仔細想想，拓武獨自前往世田谷區，從Magenta Scissor手上要到ＩＳＳ套件，還是短短九天前，也就是上週的星期二。隔天拓武受到ＰＫ集團「Super Nova Remnant」在現實中攻擊，只好啟動ＩＳＳ套件時，一時間甚至做出了不再當超頻連線者的覺悟。要揮開這段痛苦的記憶，應該還需要一些時間。

但拓武聽千百合說完後卻輕輕搖了搖頭，以冷靜的聲音說：

「謝謝妳，小千。可是，我已經不要緊了。輸給ＩＳＳ套件的誘惑和小春打過，而小千和小春把我拉回來，這些事情我覺得現在都成了我的力量。」

「犯的錯越多就越能變得堅強，黛學長說得沒錯。我們這些年來也不知道犯下了多少錯。」

謠點著小小的頭這麼一說，多半被包括在她所謂「我們」當中的楓子與黑雪公主就尷尬地清了清嗓子。場上的氣氛融洽了些之後，謠再度發出她那可愛而堅毅，卻又只有在加速世界內才能讓人聽見的嗓音：

「可是，我也不覺得有田學長這次的行動是錯的。有田學長……還有倉嶋學姊，應該都在嚴峻的狀況當中盡了力，就和過去許多場戰鬥一樣。」

「但願……是這樣……」

「就是這樣。反省過去固然重要，但更重要的是接下來要怎麼做。有田學長不是對Magenta說過要和她『比賽』嗎？那你只要真的去做這件事就好了。」

「……呃，妳所謂『真的去做這件事』，也就是說……破壞ＩＳＳ套件的本體？」

春雪戰戰兢兢地這麼一問，謠就斬釘截鐵地回答：「就是這樣！」

要完全消滅已經逐漸在加速世界當中蔓延開來的ＩＳＳ套件，唯一的方法就是斬斷它的根源。這一點春雪也明白，然而套件本體被藏在遙遠的赤坂區內聳立的東京中城大樓頂樓，而且這棟大樓上還有著在除了「地獄」以外的空間都是無敵的神獸級公敵——大天使梅丹佐把守。

只有一種能力能夠對抗梅丹佐那瞬殺的雷射，那就是曾是Ardor Maiden的「上輩」，也是她親生哥哥的「Mirror Masker」才擁有的傳說級特殊能力——據說能夠反射所有光束攻擊的「理論鏡面」……

「「啊……」」

不只是春雪，千百合也同時喊出這一聲。

他們終於想起了昨晚因為千百合媽媽特製的鳳梨糖醋排骨而延後討論的懸案。

「對了對了！黑雪公主！事情嚴重了！小春他……」

「哇、哇啊！我自己說啦！」

春雪從後拉住千百合的斗蓬型裝甲讓她閉嘴，花了好一會兒思索該從哪裡說起，最後先對黑雪公主繞個圈子問說：

「呃……學姊，有一件事我想先問清楚……這『理論鏡面』特殊能力，實際上的效果大概是怎樣？例如說，就像撥開射來的雷射……改變方向……？」

「嗯、嗯……我也只看過幾次啊……楓子妳呢？」

「我也一樣。畢竟我和小幸都和光束攻擊無緣。」

黑雪公主與楓子說到這裡，以顧慮的眼神瞥了謠一眼。嬌小的巫女型虛擬角色接下她們的視線，點點頭表示自己不要緊，以堅定的語氣說：

「有田學長，這個問題由我來回答。理論鏡面不像是撥開雷射，我想說是擴散應該比較精確。具體來說，就是先擺出不動的姿勢，把命中自己的光束屬性攻擊分解、消散成無數的細線……大概就是這樣。」

「……分解、消散成無數的細線……」

春雪複誦這句話的同時，腦海中播放的當然就是昨晚自己對付熔岩色石榴石獸那種紅色雷射時的情形。

當時春雪以交叉的雙手接住雷射，往左後方彈過去……不，應該說是扭曲了軌道，讓雷射命中Avocado Avoider。這怎麼想都不在「分解、消散」這個說法所涵蓋的範圍內。

──不，其實昨晚在倉嶋家的餐廳，讓他們請吃鳳梨分量加倍的糖醋排骨時，春雪就已經依稀注意到這一點。注意到自己學會的特殊能力，和本來應該要學的「理論鏡面」技能似是而非。因為……

「……畢竟技能名稱就不一樣了……」

千百合毫不留情的宣言，讓春雪當場垂頭喪氣，就這麼膝蓋著地，還莫名轉換成跪坐姿勢。

「有、有田學長，你怎麼了？」

春雪以悲壯的嗓音，對瞪大緋紅色鏡頭眼的謠，以及同樣看得傻眼的黑雪公主與楓子告解：

「對……對不起！我……學到的是另一種特殊能力！」

三分鐘後，黑雪公主等人聽完了進一步的解釋，有的雙手抱胸，有的伸手掩嘴，但都不約而同地沉吟起來。

「唔、唔～……這情形還真是出人意料啊……」這是黑雪公主的說法。

「不是理論鏡面，而是光學傳導？」這是楓子說的。

「沒親眼看過，實在不知道該說什麼啊……」這是拓武。

春雪聽著各人的說法，深深垂頭喪氣。有一隻小手輕輕放到他肩膀上。這潔白而細小的手指是Ardor Maiden的。

「有田學長，請你抬起頭來。你沒有任何事需要道歉。」

「……可、可是我……虧四埜宮學妹告訴我這麼多有關鏡子的事情……」

「不靠升級選的加強，就要學會新的特殊能力，本來是非常困難的事情。但有田學長從七王會議過後只過了三天，就練出了新的能力，這是值得引以為榮的。來，請你站起來。」

在謠伸手拉扯下，春雪儘管縮著身體，但還是站了起來。拉起視線一看，黑雪公主與楓子的身影已經近在眼前。黑色劍刃狀的手與天藍色的苗條手臂分別從左右身來，輕輕碰上春雪雙手。

「謠說得沒錯，春雪，據我所知，『潛能覺醒』成功兩次的人就只有你一個。」

「而且即使特殊能力的名稱不一樣，要沮喪也還太早了呢，鴉同學。說穿了只要能抵擋梅丹佐的雷射就好，光就你描述的現象來看，我認為是有可能的。」

聽到主子與師父溫暖的話，春雪才總算能夠鬆了一口氣。

其實他心中也有著一種念頭，想先把自己學到不同種特殊能力的事情按下一陣子，暫時不告訴黑雪公主他們。這是因為他害怕被罵、怕讓他們失望，但仔細想想，瞞著不說反而不誠實得多了。有事瞞著同軍團的團員，從來就不曾有過什麼好結果。春雪在「災禍之鎧」事件當中，應該就已經學到了這個教訓。

——非說不可的事情，就要好好說出來。因為不管是學姊、師父，四埜宮學妹，還有阿拓和小百當然也包括在內，他們都是我最重要的好伙伴。

春雪在心中這麼自言自語，想著還有沒有其他事情要說，隨即想起了另一件重要事項。對戰時間還剩一半左右，要是不趁現在說，多半又會越拖越久。

「這個，學姊，除了特殊能力這件事以外，還有一件事……」

說著打開物品欄，將其中收納的兩張卡片實體化。接著以右手把這兩張消光黑底上有著深紅色字體的卡片疊在一起遞出。

「嗯……這是什麼？」

黑雪公主訝異地把半鏡面護目鏡湊過來。

「這個，是ＩＳＳ套件。」

但一聽到春雪這句話，立刻嚇得上半身後仰，緊接著還以氣墊推進方式後退。隔了一拍後，千百合以外的三個人也往後跳開，拉開距離，尤其拓武後退的幅度更是格外的大。

「咦，奇怪……學、學姊，妳怎麼啦？還有阿拓也是……」

春雪拿著卡片就要走過去，拓武又跳開一大步，大喊：

「不、不要過來，小春！我已經決定再也不靠近那東西半徑兩公尺內了！」

「剛剛你明明才說過『已經不要緊了』……不用怕啦，而且現在又是處在封印卡狀態。」

「就、就算這樣也不行！」

看到拓武反應這麼激烈，春雪也不由得童心大起，想拿著卡片去追著拓武跑，但最後還是告訴自己說我已經國中二年級了而作罷。

「鴉……鴉同學，你為什麼會有這種東西？」

聽楓子從右邊這麼問，春雪就轉過身去解釋：

「這個……是昨天的戰鬥結束後，Magenta Scissor給我的。」

眾人的表情都變得嚴厲，於是他立刻補充說明：

「可是，我覺得她不是期待我使用這玩意，或是設下什麼會擅自啟動的圈套。」

「可是……我聽說ＩＳＳ套件必須透過戰鬥來培養，否則就不能複製。那麼ＩＳＳ套件對Magenta來說應該非常寶貴，為什麼會送給鴉鴉呢？」

謠的疑問是理所當然。儘管春雪說「不是圈套」，但對於Magenta她的意圖卻完全無從推測起。

「記得Magenta Scissor說，是因為這些ＩＳＳ套件被真心、善良之類的東西汙染過了……」

聽千百合這麼喃喃自語，眾人的視線都集中到她身上。

「……可是，我想這應該不是真正的理由。她都知道我的能力是『回溯』了。那也就是說，她應該知道被我倒轉時間而回到她手上的套件，是變回寄生到Mint和Plum身上以前的狀態才對。」

「原來如此啊……明明可以直接拿去寄生其他超頻連線者，卻特意送給春雪？也好，這玩意就由我和楓子保管吧。」

黑雪公主點點頭，再度以氣墊移動靠近過來，伸出右手劍。春雪暗自鬆了一口氣，同時把兩張黑色卡片分到左右手同時遞出。

黑雪公主以具有吸附小型物件功能的劍尖接過一張卡片之後，楓子也略帶警戒的表情接過另外一張。兩人一起將卡片舉向空中，盯著看了好一會兒，春雪不由得發出警告：

「這、這個，這東西是一用語音指令啟動，或是從跳出式選單選擇使用，就會寄生到持有者身上，請妳們兩位小心。」

「嗯……了解。不過啊……竟然只要用這種東西，就可以學會遠近兩種心念攻擊啊……」

黑雪公主難以置信似的嘆了一口氣，楓子也在她身旁點點頭：

「就是說啊。現階段實在看不出這種物品到底是怎麼做出來……」

就在這時。

填滿荒野空間天空的一排排條狀雲之間出現縫隙，讓紅色的耶穌光射到地上。光線照在黑雪公主與楓子舉起的卡片背面，讓濃密的消光黑微微淡了一些。

這一照之下，兩人同時發出驚愕的呼聲：

「這……」

「這、這個徽章……？」

看來黑雪公主更加震驚，卡片離開了劍尖，旋轉著掉落。春雪迅速伸出右手在空中接住，自己也將卡片舉向陽光查看。

漆黑的卡片表面，用深紅色的字母寫著「Incarnate System Study Kit」。而照在卡片背面的紅光，則讓字串下浮現出一個小小的符號。

Incarnate System Study Kit

圖案是兩把交叉的左輪手槍。他以前不曾看過，要說有什麼特徵，就是手槍的槍管相當長而已。而且他也想不到有哪個超頻連線者是用這種武器。

「這……是誰的徽章啊？」

春雪將視線從卡片上移開，轉身面對黑雪公主這麼問，但他的主子不回答。

副團長楓子代替還擺脫不了震撼的軍團長，悄聲說出這個人的名字：

「……這個徽章……是上代紅之王Red Rider的。」

8

放學後。

春雪做完飼育委員的工作，避開滿是學生在忙著準備校慶的前庭，經由中庭回到第一校舍。他站到位於一樓最靠裡的學生會室滑動式門前，視野正中央就跳出入室申請視窗，於是伸手去碰……但手還沒碰到，鎖就已經先從內部解開。

「報告……」

春雪小聲打了招呼後拉開門後，出現在眼前的空間充滿了不像在同一間學校的莊嚴氣氛。反手將身後的門拉上，放學後的喧囂就一口氣遠離，只聽到學生會專用伺服器的驅動聲靜靜地響著。

春雪壓低腳步聲——只是地上鋪著厚地毯，正常行走也不會有多大的聲響——走上幾步，坐在正面大型辦公桌後方辦公的人影就抬起頭來，平靜地說道：

「嗨，不好意思，你這麼忙還找你來。」

「哪裡，照顧小咕的工作我也做得挺習慣了……」

「是嗎……不好意思，請你再等五秒鐘。嗯……好，結束了。」

這個將辦公檔案存檔後立刻站起的人物，當然就是梅鄉國中學生會副會長黑雪公主。室內看不見其他學生會委員，所以是在學校裡跟黑雪公主兩個人獨處。這樣的情境對春雪而言，在很多方面都會造成他心悸亢奮。

其實春雪還邀了到幾分鐘前還和他一起忙的超飼育委員長四埜宮謠來，但她莫名地滿臉微笑回答：【ＵＩ＞今天我就不去打擾了】。拓武和千百合都在參加社團活動，楓子則就讀遠在澀谷區的高中。

因此這突發事態讓春雪不得不站在室內正中央立正，黑雪公主則踩著神采奕奕的腳步，從辦公桌走到設置在西側牆邊的小廚房問說：

「春雪，你喝紅茶嗎？」

「啊，好、好的！」

「你要加牛奶、檸檬，還是白蘭地？」

「……麻、麻煩幫我加牛奶。」

春雪判斷第三個選擇應該是開玩笑，這麼回答之後，黑雪公主倒是很正常地點點頭回答：

「嗯，知道了」，以令他有點想不到的俐落手法泡好了茶。黑雪公主拿著托盤走到位於室內西南角落的沙發組，春雪也以生硬的步行動作跟去。

「請坐。」

「好、好的……」

沙發雖是人造皮革，摸起來的觸感卻很柔順。春雪在這沙發上坐下，黑雪公主就在茶几上排好兩組背盤，從茶壺倒出紅茶。她說話與動作都極為自然……但春雪仍從他敬愛的劍之主臉上，感受到了一絲沉痛的神色。

這也難怪。黑雪公主在第五堂與第六堂課之間寄來的純文字郵件上，寫著：【有幾件關於初代紅之王Red Rider的事，我想和你說清楚。】

今年一月，黑雪公主應第二代紅之王Scarlet Rain的請求，帶著春雪與拓武一起前去討伐第五代Chrome Disaster。然而在無限制中立空間的池袋區等著他們的，卻是由黃之王Yellow Radio所率領的軍團「宇宙祕境馬戲團」組成的大規模攻擊部隊。黑雪公主仍毅然挺身對抗，Radio就播放了一張重播影片卡。

裡面記錄的影片，就是黑之王在約三年前舉辦的第一次七王會議上，一刀砍下紅之王Red Rider首級的悽慘光景。突然看到這樣的影片，讓黑雪公主受到莫大的震驚，甚至引發零化現象（Zero Fill），當場倒在戰場上。

之後過了半年，黑雪公主身為新生黑暗星雲的首領，打倒了無數強敵，但春雪怎麼想都不覺得她內心深處的傷痕已經完全痊癒。

如果黑雪公主面臨「ＩＳＳ套件上刻著Red Rider的徽章」這種意料之外的事態，想正視自己的傷口，應該待在她面前的人是我嗎？春雪無論如何就是會往這個方向去想。不，如果是在前不久，遇到這樣的場面時他說不定會強要其他團員一起陪同，再不然就是乾脆拔腿就跑。

但現在春雪不主動說話，靜靜等著黑雪公主說下去。

黑雪公主的確是春雪的「上輩」，是他的軍團長，更是絕對無敵的９級玩家。但同時她也只是個比春雪大了一歲的國中女生，和他一樣會煩惱，會痛苦，會害怕，有時也會找人求救。自己不能老是依賴她，不能只想著要靠她保護。

——學姊，只要妳不嫌棄，我隨時都會陪在妳身邊，我再也不會對妳不告而別。

春雪這句話是在心中說的，黑雪公主自然不會聽見，但她喝了口自己的奶茶之後，放下茶杯開了口。

但她所說的話，卻又超出春雪的預料許多。

「我說春雪啊，你覺得怎樣才算是『極致的遠程攻擊能力』？」

「咦？極致的……遠程攻擊能力……？」

春雪先複誦一次，然後才沉吟思索。

「……這，我覺得應該是可以從遠處一擊就轟掉敵人的長射程／大火力攻擊……就像仁子，不，我是說像Scarlet Rain的主砲那樣……」

「嗯，說得也是。『不動要塞(Immortal Fortress)』認真起來的砲擊火力，在當今的加速世界裡，應該毫無疑問是最強的遠程攻擊能力吧。如果是在一對一的情形下對轟，大概就連紅釘機器人也贏不了吧……」

「咦？紅、紅釘……這是誰？」

「抱歉，我離題了。晚點我再跟你解釋，現在我們先回到正題。」

黑雪公主收起嘴角的一點笑容，將她苗條的身體靠到沙發椅背上。

「你說得沒錯，仁子就是紅色系裡的『最強』，這點不辯自明。然而，這未必就等於是『極致』……」

「……學姊的意思是說，最強和極致不一樣？是怎麼個不一樣……？」

春雪不知不覺間對這個話題起了興趣，從沙發上探出上半身。黑雪公主思索著動了動視線，像個教師似的豎起一根手指：

「你剛剛不是說過長射程／大火力嗎？那麼你覺得紅色系對戰虛擬角色的能力本質，是在射程還是火力？」

春雪只想了一會兒就回答：

「我想……應該是射程。因為如果只看火力，也就是瞬間威力的絕對值，說不定藍色系還比較高。」

「嗯，你說得沒錯。假設有種『傷害測量器』讓人貼著攻擊，相信藍之王Blue Knight打出的數值應該會比仁子高……那麼，如果我們假設仁子的能力本質，在於極長的射程距離……我想想，就假設最遠是三千公尺吧……」

春雪正想說三千公尺未免太扯，卻又打消主意。因為他覺得雖說這樣的距離足以從正規對戰空間的其中一端打到另一端，但仁子說不定就是辦得到。春雪用手背擦了擦額頭上冒出的少許冷汗，點了點頭。

「……也就是說如果敵人超出這個距離，就算是那個小丫頭也打不到。我說她是最強，卻不是『極致』，理由就在這裡。若說『藍色系的極致』是『什麼都砍得掉』，那『紅色系的極致』就是『從哪裡都打得到』，不是嗎？」

黑雪公主說完得意地一笑，春雪不由得啞口無言。他連連眨眼，頻頻搖頭反問：

「可、可是學姊，這不就等於是……射程無限？例如說，就像從無限制中立空間的東京射出的子彈，可以直接打到沖繩……再怎麼說，應該也沒有這種離譜的力量存在……至少我覺得沒有啦……」

春雪心想難道真的有這種能力存在，又要冒出冷汗，但所幸黑雪公主又笑了笑否定：

「哈哈，就連我也沒聽過有這麼離譜的虛擬角色啊。可是……以前的加速世界裡，就曾經存在過一個人物，在某種層面上實現了這種極致。『無論敵人距離多遠，都可以用從自己的武器射出的子彈打到』……」

說著黑雪公主眼角又閃過一絲沉痛，但春雪已經聽得興味盎然，沒有注意到她的神色就先問說：

「這……這是怎麼回事？不是無限射程，卻無論離得多遠都打得到……？這不是有矛盾嗎……？」

「很簡單……說穿了就是這麼回事。雖然是自己的武器，但扣扳機的卻是別人。只要換成這個定義，要從東京打到待在沖繩的敵人，理論上不也是可行的嗎？只要在東京把武器交給別人，請他去沖繩開槍就行了。」

「怎、怎麼搞得好像在玩腦筋急轉彎……而且所謂的武器，應該是強化外裝吧？我倒是覺得這種東西應該沒有廉價到可以隨便交給別人……」

春雪雙手亂搖，試著反駁。

據春雪所知，只有四種方法可以取得強化外裝：①起始裝備②升級獎勵③在商店購買④打光其他超頻連線者搶奪。④就先不講，其他三種方法在執行上也相當高難度。在商店購買看似簡單，但威力強大的強化外裝，到頭來都得花上夠升1級的點數才買得到，所以就實用價值上，和灌點數升級也沒有太大的差別。

不知不覺間黑雪公主已經換上寧靜的表情，輕輕點了點頭說：

「春雪，你說得沒錯，但是加速世界曾經存在過唯一的例外。這種能夠自行製造強化外裝的能力……『創造槍械(Arms Creation)』這種特殊能力的持有者……就是外號『槍匠(Master Gunsmith)』的初代紅之王Red Rider……」

在約四個小時前的午休時間進行的軍團會議，結束得有點慌亂。

楓子說出Red Rider的名字後，黑雪公主立刻要求眾人「給她一些時間」，與ＩＳＳ套件相關的話題就當場中斷。接著黑雪公主與眾人確認召開會議的主要議題，也就是針對「Magenta Scissor襲擊校慶」這件事的對應方針——其實也就只是在星期天的梅鄉國中校慶要極力提防——之後就宣告散會。楓子離開前還湊到春雪耳邊對他說：「六月也快要結束囉♡」固然令他心跳加快，但他最掛心的當然還是藏在ＩＳＳ套件上的雙槍徽章。

下午上課時，春雪仍有一成左右的心思，都被上代紅之王占據。他試著在腦子裡列出以前聽過的Red Rider相關資訊，發現自己知道的部分少得驚人。只知道名字，知道Rider是仁子前一任的「日珥」首領，再來就是三年前被Black Lotus一招斃命而喪失所有點數，永遠離開加速世界。除此之外春雪幾乎一無所知。

但春雪仍然隱隱約約地推測出既然Rider冠上的顏色名稱是純粹的紅色「Red」，相信一定具備驚人的遠程攻擊能力，火力甚至超出要塞模式的仁子之上。然而現在聽完黑雪公主的敘述，才知道Rider的能力與他的想像差了十萬八千里。

那是創造強化外裝的能力。

「『創造槍械』……這、這能力是說槍型的強化外裝可以愛做多少就做多少……？」

春雪戰戰兢兢地這麼問，黑雪公主就露出小小的笑容搖搖頭：

「應該不是這麼誇張的特殊能力。記得我聽他說過，要造一把槍，必須付出很多代價。只是他沒告訴我到底是什麼樣的代價……」

「就算是這樣，這能力還是很厲害啊……因為可以靠自己的力量不斷強化團員啊……」

「正是。當時的日珥當中，就有很多超頻連線者裝備了Rider打造的手槍或步槍，其中甚至有人放棄自己原有的強化外裝而改用他的槍……這大概也就表示，Rider就是這麼受團員敬愛啊……」

黑雪公主說到這裡先頓了頓，轉頭望向窗外的黃昏，輕聲說下去：

「……他打造的每一把槍都有著很高的命中精度，讓其他人打起領土戰時棘手得很。能夠甩開彈幕衝進敵陣的，也就只有裝備了疾風推進器（Gale Thruster）的楓子……她抱著遙遙飛到敵方射擊陣地丟下去的『ＩＣＢＭ作戰』，其實是迫於必要才創造出來的戰術。」

「原、原來如此……」

春雪應了一聲，又喝了一口奶茶之後，才說出腦海中忽然浮現的疑問。

「可是……聽學姊這麼說，該怎麼說，我覺得這Red Rider還真是大方……他一定是無條件信任自己的團員吧？畢竟也可能有些超頻連線者拿了他打造的槍以後，就轉投其他軍團吧？」

「嗯，也對，Rider的確是個不拘小節，想法積極樂觀到了極點的熱血男兒。可是即使Rider再怎麼樂天，也並不是什麼保險都不設，就把自己打造的槍分送出去。」

「學姊說的保險……是指……？」

「就是字面上的意思。Rider打造的槍上，都一定會配備有你在午休時間也看過的那種兩把手槍交叉的徽章，那就是保險。所有他打造的槍，都可以用遙控的方式鎖住保險裝置，即使已經交給其他人也不例外。所以即使真有團員帶槍投靠其他軍團，也無法再扣動那把槍的扳機了……」

「哇，這能力越聽越覺得厲害啊……該不會還可以用遙控方式發射……」

春雪沉吟著這麼一說，黑雪公主就淡淡地笑說：

「看樣子是沒這麼好用。其他幾個王就傻眼地唸過他，說要是有辦法加上保險，怎麼不乾脆弄成可以直接收回槍的能力就好了。Rider自己倒是反駁說這特殊能力又不是他設計的……」

黑雪公主說到這裡，拿起了茶杯，卻不送到嘴邊，過了幾秒後又放回盤上。她低著頭輕輕呼出一口氣，以幾乎聽不見的聲音對春雪輕聲說：

「……春雪……我可以坐到你旁邊去嗎？」

「咦……這、這個，呃，那個……」

春雪的心臟突然開始以倍速跳動，陷入答不出ＹＥＳ或ＮＯ的半當機狀態，但這位黑衣學姊不等他回答就從沙發站起，繞過茶几，在春雪左邊坐下。一陣清爽的香氣撲鼻而來，一股在虛擬世界重現不出來的溫暖撫過左手的皮膚。

「這學生會室裡也有公共攝影機……可是我們只是距離近了點，警衛不會衝進來的。」

黑雪公主又輕聲細語說出這句話，同時將她苗條的身體靠到春雪身上。兩人從短袖上衣伸出的手碰在一起，讓春雪腦子裡只反反覆覆地想著這有什麼距離可言根本就貼在一起還是該說近身肉搏或零距離狀態之類的念頭，但立刻又強行吞下了浮躁的心情。

不用想也知道黑雪公主要的是什麼。她準備進行極為難受的告解，希望說話時春雪能夠給她支持。那麼春雪身為她的「下輩」，身為團員，身為喜歡副會長的男生之一，要做的事情當然就該去做。

「……學姊，剛剛我也說過……我不管什麼時候，不管發生什麼事，一定都會陪在學姊身邊……」

春雪下定決心說出這句話，黑雪公主就從極近距離不可思議地歪了歪頭：

「……你說剛剛，是什麼時候？」

「咦？呃、呃……」

春雪趕緊倒轉記憶影片，找到要找的地方後按下暫停。記得春雪剛在這沙發坐下之後，就把幾乎一字不差的台詞……

「啊……對、對不起！也不是說過，我只是在腦子裡想到……」

如果是和直連思考發聲混淆也還罷了，只是想過卻誤以為說過，就實在大有問題。春雪羞愧得無地自容，忽然就有一根細細的手指在他臉頰上一戳。

「你真的是都不會變啊……基本上你只要繼續當你自己就好，不過下次這類念頭可要好好用言語傳達出來。」

「好、好的，我會的。」

「嗯，很好。」

黑雪公主若無其事地點點頭，用另一隻手蓋住從春雪臉頰上拿開的手指，深深吸一口氣之後，有點唐突地說了：

「三年前的夏天……當時還是國小六年級生的我，會以用心念強化過的必殺技砍下Red Rider的頭，這理由推究到極點，其實就和Rider的能力……和他的『創造槍械』和『遙控保險』有著直接的關係。」

「咦……？不是因為紅之王提倡的互不侵犯條約嗎……？」

春雪大吃一驚，黑雪公主在他身旁將下巴收了一公分左右。

「這也是理由沒錯……但是在悲劇的舞台，也就是第一次七王會議即將舉辦之際，我從另一個王口中聽到了一項情報。這個王告訴我說，Red Rider不但提倡七大軍團之間的互不侵犯條約，還完成了幾乎能夠強制維持條約的『物理手段』。」

「物理……手段……？」

「對，也可以說是一種絕對的力量。他對七大軍團各發一把槍，是一把只有受到其他軍團攻擊時才會解除保險的槍。外觀就只是很普通的左輪手槍，但那不是普通的強化外裝……能夠發射威力奇大無比的『心念彈』，命中率百分之百，裝彈數無限。即使在領土戰裡受到多達百人的大軍攻擊，防守方只要有這麼一把槍，就能夠輕易殲滅敵人……」

黑雪公主這番話，讓春雪因為緊貼著她而上升的體溫一口氣下降。他自覺雙手起了雞皮疙瘩，以像是顫抖的動作搖搖頭說：

「……怎、怎麼可能，就……就算是王，也不可能從零創造出這種離譜的強化外裝……就連『七神器』也沒有這麼強大的力量……」

「我也是……當初聽到這件事的時候，我也是這麼想，所以並不相信。可是啊……告訴我這件事的王，就拿著實際完成的心念槍，說是Rider拿給她當作樣本。她在只有我跟她兩個人的對戰空間裡，試射這把槍給我看。當時的地形是在堅固的『魔都』……可是短短幾十秒內，整個空間的三分之一都被夷為平地，到處都是凹洞。而這把槍的側面，也確確實實有著雙槍交叉的徽章兼保險在發光……」

黑雪公主說明到這裡，身體無力地靠上春雪的肩膀。她的臉深深垂下，讓春雪看不見她的表情。

當她經過短暫的沉默再度開口，嗓音中已經帶有幾分悲痛。

「……當時我只覺得被推落到混亂與心焦的深淵之中。Rider不惜做出像是上個世紀那種核武嚇阻力似的槍，寧願讓整個世界停滯不動，這件事讓我大受打擊。因為我以前一直相信他之所以打造槍，動機純粹是為了追求對戰的興奮和喜悅……」

黑雪公主雙手手指攏在一起緊緊握住，繼續這段獨白：

「在看到這把槍之前，我都認為可以用言語說服Rider。我本來覺得不對戰的超頻連線者根本沒有存在意義，即使面臨9級的一戰定生死規則，也應該繼續對戰。而我也相信這種主張，可以得到其他王，也得到Rider自身的認同。因為我一直相信……不，應該說我一直認定，大家內心深處都和我一樣……最渴望的就是追求『更進一步』……追求達到10級之後可以達到的世界……」

一聽到這句話，就有一個小而遠的說話聲從春雪腦海中復甦。

——我……想要知道，無論如何都想知道。

——透過加速思考的方式來贏得金錢、成績或名聲，這種事情真的就是我們戰鬥的意義，我們所追求的報酬，就是我們所能達到的極限嗎？難道沒有更……更遠大的目標嗎……？讓我們可以擺脫……人類這個皮囊……更往外側去的……

去年秋天，春雪成了超頻連線者的翌日，黑雪公主就在東高圓寺的一間咖啡館裡對他這麼說過。

當時春雪對加速世界幾乎一無所知，但這句話仍然深深透進他內心深處，留下了繚繞不已的共鳴聲。即使到過了八個月的現在，只要仔細傾聽，還是覺得可以微微聽見這透明的殘響。

「更進一步……」

春雪喃喃說出這句話後，加大音量說下去：

「我想不只是王，相信任何一個超頻連線者，內心深處一定都這麼想……」

「……嗯，也對……可是當時的我，卻覺得被背叛了。我以為Red Rider因為太害怕失去BRAIN BURST，不但提出互不侵犯條約，還開發出連禁忌的心念系統都用上的槍……不，應該說是最終兵器，希望讓世界停滯。之前我對Rider懷抱的敬意，以及把他當成戰友看待的同袍情誼，都被我當場拋到九霄雲外……當時我參加七王會議，心中只懷抱著一種決心，不，應該說是一種殺意。我要趁已經完成的七把心念槍保險都還鎖住的時候，砍下Rider的頭，無論如何都要讓這七把槍永遠無法擊發。」

黑雪公主微微舉起靠在春雪身上的右手凝視良久，彷彿想在雪白的手指上找出血跡。

「……我當然有覺悟，知道我的行動得不到其他諸王的諒解……尤其是Rider的盟友Blue Knight，以及和Rider幾乎已經成了男女朋友的Purple Thorn。不……我甚至懷疑他們兩個背地裡可能已經贊成Rider的計畫。因此……我開始鑽牛角尖，覺得一旦錯過這個會議，就再也沒有機會拿下五個9級玩家的首級，達到等級10。於是我打算忽施偷襲，先扣光Rider的點數，趁場面嚴重混亂時再解決四個人……」

說到這裡，黑雪公主停下一瞬間，緊緊握住右手。

「……不，我就說得明白點吧。我要殺了Blue Knight、Purple Thorn、Yellow Radio，還有Green Grandee，我就抱著這樣的殺意參加七王會議。之後的事情，你應該都知道了。到頭來我只砍下了Rider一個人的首級，而且還苟延殘喘地活了下來……沒過多久，我們黑暗星雲全團去挑戰禁城的『四神』，讓整個軍團瓦解……」

「……是……」

春雪也只能點點頭，小聲稱是。

初代黑暗星雲那英勇而可悲的下場，他已經在認識四埜宮謠十天後聽過。之後雖然成功從四神朱雀的祭壇上救出Ardor Maiden，但「四大元素」中剩下的兩人仍然處於封印狀態，春雪還只聽過他們的名字。

「……？」

忽然間春雪覺得聽到遠方的流水聲，但朝廚房一瞥，水龍頭當然關得好好的，於是將意識拉回黑雪公主的話。這麼一回神，一個先前都沒發現的小小疑問就像泡泡似的在心中破開。

「……學姊……請問一下，妳想打倒Red Rider我懂……可是剩下四個人，為什麼是他們四個……？」

春雪戰戰兢兢地問出來後，立刻又自己回答：

「啊，對喔……剩下一個就是把心念槍的情報告訴學姊的人對吧？所以學姊才沒有挑上她……呃，既然是純色七王，這個王的顏色就是……」

春雪說到這裡的瞬間，黑雪公主的身體就像觸電似的劇烈顫抖。她上半身從沙發彈起，甩動長髮轉了一百八十度，投身到春雪懷裡。

「咦……學、學姊……？」

黑雪公主緊繃的耳語聲，覆寫掉了春雪沙啞的聲音。

「我……我太愚昧了……！」

黑之王把臉靠上春雪左肩，雙手緊緊抓住他雙肩，悲痛地說下去：

「該殺的不是Knight、不是Thorn、不是Radio、不是Grandee……也不是Rider！是她……我真正該殺的只有她一個！那明明是我第一個，也是最後一個機會殺她……但等我注意到這點時……一切都已經太遲了……」

突然聽到意想不到的話，讓春雪嚇了一跳，但仍然下意識地輕輕將手放上黑雪公主的背。這一放之下，她緊繃的身體微微地放鬆。春雪下定決心，朝離自己沒有幾公分的小小耳朵問了出來：

「學姊說的她……就是剩下的最後一個人……白之王吧？」

過了幾秒鐘後，靠在他身上的頭點了點。

「沒錯。把Rider打造的槍拿給我看，用這把槍把對戰空間夷為平地的，就是白之王……我本來就知道她完全沒有任何物理攻擊能力，所以一點都不懷疑那威力驚人的心念攻擊是槍本身的威力。可是……做什麼事都完美無缺的白之王，也犯下了唯一一個失誤。」

「失誤……？」

「對。她疏忽了我打光Red Rider點數時，他身上的強化外裝就此移動到我物品欄之中的可能性。」

「強化外裝……學、學姊的意思該不會是說……！」

黑雪公主朝瞪大眼睛的春雪微微點頭。

「沒錯，就是那種槍……當黑暗星雲瓦解，我失去了一切之後，不只是不再連上全球網路，甚至長年都不加速……可是就在事件發生後過了幾個月的一個冬天晚上，我不經意地打開

BRAIN BURST的操作畫面，注意到物品欄裡多出了Rider打造出來的槍。這把槍就和七王會議前一天，白之王試射給我看的槍一模一樣。槍上沒有鎖上保險，我拿起槍，朝著加速世界當中的自己家扣了扳機。可是……」

黑雪公主以蘊含了沉痛、後悔與憎恨的聲音說下去：

「……射不出子彈。不但射不出那天夷平對戰空間的心念彈，連普通的子彈都射不出來，子彈明明都裝進了彈筒。我一次又一次地扣著扳機……這才恍然大悟。我領悟到這把槍……不是為了破壞……而是和平的象徵。Rider打造出這種槍，是打算在互不侵犯條約成立後，把這種射不出子彈的槍送給每一個王，作為和平與友情的證明。」

「可……可是白之王開槍的時候，就射出了子彈……」

春雪茫然說到這裡，也跟著發現是怎麼回事。

要從射不出子彈的槍射出子彈，只有一種運作邏輯可以辦到。

「沒錯，當時將魔都空間破壞殆盡的子彈……是白之王自己把現象覆寫掉，從槍口發射出去的破壞心念。至於她會先拿到槍的理由……多半是Rider找她商量過吧。商量槍的造型，還有名稱。」

「這槍……叫什麼名字……？」

「……『Seven Roads』。是左輪手槍，裝彈數七發。我從彈筒裡排出了所有子彈看過，七顆子彈分別發出紅、藍、紫、黃、綠、白，以及黑色這七種顏色的光芒……」

「不是七個王（Lord）……而是七條路（Road）……」

聽春雪喃喃自語，黑雪公主點了點頭。

「從一個槍口射出的七色軌道，儘管互不交會，出發點和終點卻都一樣。當我知道Rider用這槍象徵的是這個意思……我就知道我是被人利用了。這個人讓我錯把和平的槍當成破壞的槍，對不存在的威脅擔心受怕……最後雙手染上好友的血。不，還不只是打光Rider點數這回事，從更早更早以前……說不定從我剛當上超頻連線者之後，接下來幾年我都被她玩弄在股掌之間……」

這太過悲愴的獨白，讓春雪什麼話都說不出口，只好繼續摸著黑雪公主的背聊表心意，但顫抖與僵硬遲遲不離開她苗條的身體。

而春雪也已經隱約能夠推測出理由。

因為這個故事還沒說完。

春雪上週被邀去黑雪公主位於阿佐谷住宅區角落的住家。她一個人住的房子清潔而儉樸，充滿了寧靜與寂寞。

對於才念國中就一個人住的理由，黑雪公主是這麼說的，說她在現實當中攻擊某個超頻連線者。既然如此，這個超頻連線者自然就是欺騙、利用黑雪公主，騙得她砍下紅之王首級的白之王……

黑雪公主也不放開抓得春雪雙肩隱隱作痛的雙手，從喉嚨裡擠出更加緊繃的聲音。

「……當我從最靠近的傳送門回到現實世界……心中還是半信半疑。不，我是很想相信，相信她不可能背叛我，陷害我。因為……白之王『剎那的永恆（Transient Eternity）』White Cosmos，不但在加速世界是我的『上輩』，在現實世界……更是大我一歲的姊姊。」

從春雪當上超頻連線者以來，就不時從他得到的片斷資訊當中，想過有可能是這麼回事。想過也許黑雪公主和另外一個王有著特殊的關係，而這個王或許在現實生活中和她非常親近。

早在將近半年之前，春雪問起黑雪公主的「上輩」時，她就只神祕地避而不答。

——這個人過去……對我來說是最親近的人。之前我一直相信這個人會永遠在我的世界中心不斷發光發熱，趕走一切的黑暗跟寒冷。

——可是有一天……有一次，就在那麼一瞬間，我認清了那只是一種脆弱的幻想。如今這個人對我來說，已經可以算是最終極的敵人。我對這個人的憎恨永遠不會結束，甚至讓我覺得彷彿早從剛認識的那一瞬間，我心中就孕育出了這種憎恨……

這段追述當中提到的「那一瞬間」，無疑就是認清自己被既是「上輩」又是姊姊的白之王利用，打光Red Rider點數的那一瞬間。

「……我不打算把砍下Rider首級的罪，全都歸結到白之王身上……」

黑雪公主彷彿看穿了春雪的心思，在他耳邊輕聲說道：

「畢竟即使她不拿那把槍給我看，我應該也會對Rider的提議反對到底。而且全盤相信白之王的話，對紅之王的話卻充耳不聞的人，就是我自己啊……可是當時我半信半疑地跑進姊姊的房間，姊姊露出溫和的微笑對我承認這一切時……我就受到一股前所未有的激怒驅使。我認定Rider之所以會失去BRAIN BURST，而我會失去黑暗星雲，全都是姊姊的錯……不知不覺間，我已經握住了桌上的拆信刀。」

黑雪公主說到這裡，先合上了嘴唇一會兒，春雪腦海中立刻浮現出一幅光景。

一名黑髮少女瞪大的雙眼淚流不止，蒼白的臉頰在發抖，雙手握緊了一把小小的刀。她漆黑的眼睛裡，有著翻騰的憤怒、憎恨，以及遠大於這些情緒的悲傷。

少女一步步慢慢走向比自己高了一些的少女。即使面對這尖銳的刀尖，這名少女嘴角的微笑仍然不退。

「……我拿刀指著姊姊，要她當場跟我直連對戰，說我會讓她走上同樣的下場。姊姊聽到我這麼說，臉上的微笑動也不動一下，回答我說……」

黑雪公主說話的同時，春雪腦中螢幕上的少女也動起了嘴唇。

「『不要說這種話，我不會連BRAIN BURST都從妳手上沒收』……這意思就是說，如果9級的我和姊姊打，我就會打輸，並被一戰定生死規則扣光點數……而我明明從來不曾認真和姊姊打過，但就是知道一定會演變成這樣。我聽得呆在原地不動，姊姊想從我手中拿走刀……當時，刀尖就傷到了姊姊的手掌……」

多半是因為這漫長的故事終於快要說完，黑雪公主全身鬆懈下來，上半身靠在春雪身上，小聲說：

「之後的事你都知道了。我拿刀指著姊姊的情形，被家庭網路的攝影機拍到，也就被家人用精神治療的名目，從港區的老家被放逐出來，所以我不但失去了軍團，還失去了真正的家人。只是現在我對家人這個部分……已經沒有任何執著了……這就是我和初代紅之王Red Rider，以及白之王White Cosmos之間完整的故事。」

黑雪公主停頓了一會兒，微微改變語氣說下去：

「……怎麼樣？受不了嗎……還是輕蔑我了？春雪，我為了達成自己的目的，有一天也許會連你也犧牲掉……」

一聽到這句話，春雪立刻用之前只是輕輕碰在黑雪公主背上的雙手，用力將她擁進懷裡，同時以灌注全身力氣的嗓音回答：

「既然有更高的等級，當然就應該去追求……因為BRAIN BURST就是為了這點才存在的，不是嗎？」

這段問答，也和春雪當上超頻連線者的翌日，在咖啡廳和黑雪公主談過的對答一字不差。從那次談話後已經過了八個月，但春雪為了宣示自己的心意沒有任何改變，接著又說下去：

「失去的東西……只要找回來，不，只要重新建立就好。現在黑暗星雲還是個只有六個人的小軍團……可是，相信『四大元素』剩下的兩個人，還有其他人，一定也很快就會回來，還會有新的超頻連線者加入，讓我們軍團變得比以前更大。到時候，我們就以超頻連線者的身分，堂堂正正和白之王分個高下。我隨時都會陪在學姊身邊，直到學姊升上10級的那一天。」

春雪閉上嘴之後，黑雪公主仍然沉默了好一會兒。

換做是在平時，春雪會開始擔心自己是不是說錯話，但現在他絲毫沒有這樣的念頭，就只是雙手持續灌注力道。

過了一會兒，左肩傳來一種細小的感觸。小小的水珠一滴又一滴地落下，弄濕了制服上衣，碰上皮膚。

「……謝謝你，春雪。我果然……我的決定果然沒有錯。我很慶幸選上你，打從心底覺得慶幸……」

這句話也和八個月前黑雪公主所說的話一字不差。但當時春雪收回了被她握住的手，垂下頭去不回答。

而現在春雪則更加用力抱緊黑雪公主，回答說：

「我也是。我也由衷慶幸能讓學姊選上。」

「……謝謝你。」

這句耳語當中滿是淚聲。她小小的嗚咽繼續維持了將近兩分鐘，但春雪始終不放手，默默承受她滴下的眼淚。

這段溫柔又溫暖的沉默，是被預告強制離校時刻的廣播打破的。

黑雪公主慢慢起身，說了聲「等我一下」後走向廚房。接著聽見一陣水聲，卻又立刻停止。過了一會兒，回到眼前的學生會副會長儘管眼角有點紅，卻已經幾乎完全恢復了往常那種漫不在乎的表情。

黑雪公主與春雪就這麼一起走出學生會室，換好鞋子之後在前庭會合。走出校門後切斷校內網路，換連上全球網路的圖示亮起。

從梅鄉國中出發，春雪住的公寓大樓，和黑雪公主住的阿佐谷住宅區位於相反的方向，所以平常他們在這時應該要分往左右走開。但黑雪公主卻在校門旁停下腳步，動也不動。

「……春雪。」

「有、有。」

看到黑雪公主一臉認真地叫了自己的名字，春雪不由得當場立正。黑雪公主清了清嗓子，接著說下去：

「仔細想想，找你來學生會室是很好，但是你不覺得都沒講到最重要的事嗎？」

「咦？最重要的事……是指……？」

春雪這麼反問，黑雪公主就把臉靠過去，在他耳邊說：

「就是你拿回來的卡片上刻的徽章啊。」

「啊……」

聽她這麼一說，就覺得的確沒錯。春雪之所以被找去學生會室，本來應該是為了封印ＩＳＳ的卡片上，為什麼會存在著上代紅之王Red Rider那雙槍交叉的徽章，這件事到現在仍然藏在一層神祕的面紗之後。

如果黑雪公主已經有所推論，他想立刻聽聽看，但總不能一直站在校門口談。春雪看了看時間，很快地想著該怎麼辦。

照計畫他是打算一離開學校，就和昨天一樣跑一趟中野第二戰區，去和Wolfram Cerberus進行第三次對戰。這個對手身上還有許多謎團，但他有預感，只要繼續用拳頭交心，遲早總會知道Cerberus的真相。但很遺憾的，現在春雪有更優先的任務要執行。

那當然就是破壞ＩＳＳ套件本體。Magenta Scissor不會只攻陷一間下北澤的學校就收手。春雪必須在她散播更多套件之前，就斬斷這種黑暗力量的根源。

但棘手的是，只靠春雪一個人，當然不可能攻略套件本體所在的東京中城大樓。即使動員黑暗星雲的六個人，仍然太過危險。即使成功排除把守的大天使梅丹佐，也不知道大樓內部有什麼東西等著他們。上次七王會議的決定沒有錯，這個作戰必須由七大軍團共同執行。

想到這裡，春雪注意到一件事，當場一口氣喘不過來。

「我、我說學姊……」

「嗯？要談徽章的話，就找個可以好好說話的地方……」

「不、不是，我要說的不是這件事……我們現在的最優先事項，應該是攻略中城大樓吧？」

「喂喂，在公共空間直接聊這個也太危險了吧？就算被無關的人聽到，也難保不會被當成恐怖分子啊。」

黑雪公主露出苦笑，但看到春雪表情正經，於是眨了眨眼，點點頭要他等一下，然後伸手到包包裡，拿出是一條長一公尺半的ＸＳＢ傳輸線。接著不給春雪機會說話，一邊插到自己的神經連結裝置上，一邊遞出另一端的接頭。

現在已經不是再為這種事情害羞的時候，所以春雪維持正經的表情——儘管背上微微冒出冷汗——接過來，插上脖子上的裝置。緊接著黑雪公主的思考發聲就在他腦中響起。

『好久沒和你在街上直連啦……不過該怎麼說，你好像已經很習慣這樣了。』

聽到她像是鬧彆扭，又像在捉弄人的聲音，春雪忍不住用自己的聲帶反駁：

「我、我才沒有習慣啊，一點都沒有！」

『……唔，看來是這樣。』

『啊……對、對不起，我真冒失……』

春雪羞愧之餘，這次終於用思考發聲這麼一回答，黑雪公主就微笑著說：

『我們走一走吧。難得雨也停了。』

她說得沒錯，上午就從東邊離開的烏雲，目前並沒有回來的跡象。虛擬桌面上的降雨預測，也是直到夜間時段，排出的數字都在十幾%。

『好的，請等一下，我先關掉自動觀戰。』

春雪先說一聲，迅速打開BRAIN BURST的操作畫面。要是開著自動觀戰模式，只要有他登記要觀戰的超頻連線者，在他現在所待的杉並第一戰區開始對戰，即使談話談到一半，也會無預警開始加速。

春雪一邊操作切換模式的作業，一邊不經意地對黑雪公主問說：

『請問一下，學姊都不用關嗎？』

『用不著。因為雖然對其他團員有點過意不去，但是我登記在觀戰名單裡的就只有你一個。』

就在這個說得理所當然的回答迴盪在腦海正中央的同時，黑雪公主看著春雪的臉，輕輕眨了眨一隻眼睛，讓他的心臟又在胸腔猛力跳動。春雪狼狽地視線亂飄，敲下確認對話框裡的OK鈕，然後摸索著關掉操作畫面。儘管覺得聽見某種耳熟的音效，但整個腦子裡只想著要怎麼回答黑雪公主才好。只可惜自然而然從嘴，不，是從腦子裡發出的回答……

『這、這是我的榮幸。』

是這麼一句不痛不癢的話，但黑雪公主不改臉上的笑容，點點頭說：『那我們走吧』就往北走去。

從校門有一條不到一百公尺長的生活道路往外延伸，路上冷冷清清的，但一去到青梅大道的人行道上，就有無數提著購物袋的主婦與朝車站前進的上班族填滿整個視野。其中當然也包括了鄰近學校的學生，他們看到春雪與黑雪公主以細細的傳輸線把神經連結裝置連在一起，露出五花八門的表情走過。

……說什麼我很習慣，哪有可能啊……

春雪以不會輸出成語音的深度思考這麼自言自語，但黑雪公主則若無其事地一邊等紅燈一邊說：

『那……剛剛你問到一半的問題，關於我們現在最優先的事項是不是攻略中城大樓，答案基本上是YES。』

『咦……啊，是、是啊，的確是這樣。』

春雪把思緒往回倒轉幾分鐘，連連點頭。

『呃，我擔心的是……攻略中城大樓是七大軍團聯合作戰，這也就是說，我們和白之團也要合作，可是學姊，這個，跟白之王……』

『……原來是這麼回事啊？不好意思，讓你費心了。』

黑雪公主目光微微低垂的同時，燈號換成了綠燈。視野中的導航視窗上所顯示的綠燈持續時間減少了三秒，黑色的帆船鞋才開始往前移動。

『我心中對姊姊……不，應該說對Cosmos的憎恨，從那天晚上以來就不曾有一絲消退。要是沒有心理準備就和她照面，我甚至不知道自己會做出什麼事來……但我還是出席了上次與上上次的七王會議，也接受了這次的聯合作戰，這是有理由的。』

『理由……？是、是什麼樣的理由……？』

『白之王原則上都不會出現在其他軍團的超頻連線者面前。在加速世界的初期，她當然自己也在進行對戰。但即使是這種情形，也不知道是特殊能力還是強化外裝造成，她的身影都會籠罩在一種擾亂視覺的光芒中，讓人看不清楚。尤其當她升上9級以後，我想看過她的，大概也就只有其他諸王，還有白之團「震盪宇宙」的幹部了吧……』

黑雪公主說完補上一句：『只是認識你之前的我，也沒資格說別人啊。』過了行人穿越道之後，毫不猶豫地走向前方的商店街。要是就這麼繼續往北走，離黑雪公主家就會越來越遠，但由於兩人是以較短的線直連，春雪也只能乖乖跟上。

『所以說來沒出息，但我就是因為確定她不會出現，才敢參加會議。聯合作戰這點也是一樣。再加上地點是無限制空間，即使要求王本身也要參加攻略，相信她應該還是和以前一樣只派代理人參加。畢竟我恨的不是震盪宇宙，而是White Cosmos一個人，要拿這種仇恨當理由來反對聯合作戰，那就太沒道理了……』

黑雪公主說到這裡，左手滑過在他們兩人之間搖動的XSB傳輸線，接著用手掌牢牢握住，彷彿這條線就是由春雪與黑雪公主之間的連繫體現而成。

『只是，如果要說我一點都不擔憂，都不會不安，那就是騙人了。我的確期待你能學會「理論鏡面」特殊能力，也相信即使名稱不一樣，你學會的「光學傳導」一樣能夠發揮重要的作用……但就算是這樣，從星期天的會議結束的那一瞬間，我的不安……不，應該說是恐懼，就一直沒有消失……』

『學姊的恐懼……是針對什麼事……』

這次春雪花了比較多時間才等到答案。商店街的行人專用步道，以青梅大道還要擁擠，他們兩人不得不貼在一起行走。黑雪公主碰在春雪右手上的左手變得十分冰冷。

『她是個可怕的人。』

這麼一句話突然迴盪在春雪腦中。緊繃的思念化為語音，以可以傳達到的下限音量悄聲說下去：

『她能夠看穿任何人的精神創傷，以適切的言語或態度開出處方來治好對方。然而這種行為同時也是在暗中支配、操縱對方的精神。我過去完全不對你提起白之王，就是害怕要是我提起她，她那可怕的操作能力會間接影響到你……』

『怎、怎麼會……我才不會被人操縱！』

春雪反射性地發出這個思念，黑雪公主就點點頭說：

『嗯，我當然相信。今天我之所以告訴你我和白之王的關係……就是因為注意到害怕失去你，就等於在懷疑你。』

黑雪公主說到這裡，忽然停下腳步，雙手放到春雪肩上，走到不會擋到其他人通行的大型招牌旁。只是這樣終究無法與人群隔離，路過的人們紛紛以視線照射他們。

換是平常，春雪一定會忍不住在意這些視線，但現在他就是無法將目光從黑雪公主認真的眼神移開。

兩張臉的距離縮減到只剩二十公分，黑雪公主動起嘴唇，同時用思念與聲帶說：

「春雪，我還有一件事非告訴你不可。」

「好……好的……」

然而……

春雪卻無法聽到接下來的話，因為就在黑雪公主深深吸氣的時候，那耳熟的音效就撼動了春雪的聽覺。是那「啪！」一聲冰冷而清脆的雷聲。是加速的聲音。

——為、為什麼？

春雪驚愕不已。他和黑雪公主都並未唸出加速指令，而且他們所在的地方是黑暗星雲的領土，當然應該會自動拒絕對戰，而且也確定已經關掉自動觀戰模式，照理說他應該沒有理由加速。

當春雪看到轉暗的視野正中央熊熊燃燒的訊息，他的震驚更是當場加倍。因為上面顯示的既不是被人挑戰時的【HERE COMES……】，也不是自動觀戰發動時出現的【REGISTERED DUEL……】

是【A BATTLE ROYAL IS BEGINNING!】。

9

直到Silver Crow的雙腳踏上對戰空間的白色地面，春雪才想清楚這串文字的意思。

對戰格鬥遊戲「BRAIN BURST」除了單人對戰與搭檔對戰之外，還有第三種對戰型態，那就是亂鬥模式。

開始的步驟非常單純。只要先用正常的超頻連線指令加速，打開對戰名單，從子選單選擇「亂鬥」就行了。但這種方式並不保證能把所有對戰名單上的人都拖進對戰空間。這是因為這個機制只能叫來把亂鬥待機模式設定成開啟(ON)的超頻連線者，而且大家平常都會關掉這個模式。春雪當然也不例外。

——那我為什麼會跑進亂鬥裡？

春雪差點陷入恐慌，這才注意到是怎麼回事。大概是因為他剛才關掉自動觀戰模式時，沒有仔細看清楚畫面就操作，並因為觸控失準而開啟了同個分頁裡的亂鬥模式。

「……我為什麼這麼冒失……」

春雪垂頭喪氣，悄悄地自言自語，就聽到身旁有人說出一句拿他沒轍似的話。

「……原來如此。所以你不是常態開啟ＢＲ（Battle Royal）模式的豪傑，只是因為操作失誤啊？」

春雪嚇了一跳，轉過頭去，出現在眼前的是個身上披著純黑半透明裝甲，四肢的銳利刀劍閃出光芒，既豔麗又英勇的對戰虛擬角色。這個人當然只可能是黑之王Black Lotus。

「咦……為、為什麼？難道學姊也進了大亂鬥……？」

春雪以沙啞的嗓音這麼一喊，就看到紫水晶色的半徑面護目鏡左右搖動。

「很遺憾，我不像你這麼勇敢。我不是對戰者，而是因為設定對你自動觀戰，才會被叫來當觀眾。」

「啊……原、原來如此……太好了……」

春雪先鬆了一口氣。儘管發生的機率很低，但要是有任何一個其他王，也就是9級玩家，被叫進這個戰場，就會唐突地演變成一戰定生死的最終決戰。春雪仔細看看四周，發現在一片白茫茫的「冰雪」空間建築物屋頂上，可以看到少數幾名其他觀眾的輪廓。

一般來說，觀眾都無法靠近對戰者十公尺以內，但「上下輩」是例外。黑雪公主把面罩湊到春雪耳邊，以認真的嗓音輕聲說：

「即使你被拖進亂鬥空間的理由只是出於大意，把你拖進來的人卻沒這麼單純。畢竟總不可能有人是因為操作失誤才開始ＢＲ……也就是說，這個人要嘛是個不怕在其他軍團領土以一敵多的豪傑，就是……有著即使處於這種狀況也打得贏的『根據』。」

「……難、難道是，ＩＳＳ套件……使用者……？」

「有這個可能性。如果真是這樣，你要極力避免接近戰。因為敵人的目的也許不只是打贏對戰，還想擴大套件的感染。」

「是、是的……」

春雪先點了點頭，朝視野左上方瞥了一眼。如果是正規對戰，這裡應該會顯示出敵人的體力計量表與名字，現在則空無一物。在亂鬥模式裡，只有在接敵之後才能看見敵人的計量表。現在唯一的資訊，就是浮現在中央下方的導向游標，但這個游標也只會指出最接近的一名敵人所在的方向。

「好、好快……！而且，移動起來一點都不猶豫……我想這傢伙大概就是開戰的人（Starter），他會到這邊來。」

春雪與黑雪公主同時望向商店街南方，但被有著平緩彎曲的冰壁遮住，看不見這條細小的道路遠方。

「在寬廣的地方接觸，應該會比這裡好，我要回青梅大道去了。」

春雪這麼一說，黑雪公主也迅速點頭。

「嗯，知道了。等對戰開始，我就不能再靠近你，千萬不要疏於提防ＩＳＳ套件。」

「了解！那我過去了！」

春雪大喊一聲，轉身就踢著積雪的地面開始奔跑。

道路兩側林立著本來是商店的冰壁，有些還垂下了較粗的冰柱，春雪一看到就以跳踢破壞。儘管遠不如「靈域」空間的水晶，但還是可以慢慢累積必殺技計量表。勝敗往往就決定在這不起眼的行動當中。

春雪以Silver Crow的速度飛奔，轉眼間就跑完了剛剛與黑雪公主直連走來的路程。他從原是商店街招牌的大型冰製拱門下穿過，來到青梅大道上，就看到雪白無瑕的雪原往東西兩方延伸出去。如果堆出一個從對戰空間一端橫跨到另一端的巨大雪人，想必非常有趣，但決定這個遊戲還是留到下次再說，現在春雪則以推進跳躍的方式，跳上聳立於路口東北方的冰塊屋頂。

冰雪空間內的建築物與其說不能進入，倒不如說建築物全都變成了冰塊，要爬上較高的地形，就必須具備特殊的能力。由於最靠近自己的敵人正沿著青梅大道接近，只要躲在這裡，應該就可以先看清楚對手是誰。春雪吞了吞口水，凝視導向游標所指的方向。

然而……先告訴他敵人是誰的，卻不是視覺而是聽覺。

這乘著寒風傳來的粗獷重低音，春雪已經不只是聽過，甚至今天早上就已經聽得不想再聽。那是整個加速世界裡都多半找不到第二件的內燃機搭載型強化外裝——也就是機車——所發出的引擎聲。

「咦、咦咦——！」

春雪不由得驚呼出聲，從趴在冰壁上的姿勢起身。同時白色道路的遠方也亮起了帶著幾分黃色的車頭燈光線。

「這、這是什麼情形……」

春雪喃喃自語的同時跳回道路上，美式機車的騎士似乎也就發現了他的這個動作，微微加快速度接近。車體轉眼間就越來越大，以後輪濺起盛大的雪花做出甩尾煞停。眼熟的骷髏面罩騎士就坐在停止的機車上，伸直雙手食指指了過來。

「HEY HE——Y！就算YOU再怎麼LOVING大爺我，用亂鬥模式搞這種SURPRISE戰，是不是有LITTLE過火啊？」

這嗓音、動作與口氣，都毫無疑問是「世紀末機車騎士」Ash Roller。由於雙方已經接觸，春雪的視野中也就出現了刻有他名字的計量表。但Ash的話卻有好幾個地方讓他覺得不對勁。

「沒、沒有啦，我也沒有LOVING你……而且不是你把我拉進亂鬥模式的嗎？」

春雪趕緊問出這個問題，就看到骷髏安全帽上面也冒出了大大的問號。

「WHAT ARE YOU TALKING？大爺我只是在LOOP7（環狀七號線）上悠哉地兜風啊？你說你不是Starter，這是真的REALLY？」

——他這說法聽起來像是騎機車在環七大道上兜風，但Ash的本尊日下部綸其實是搭公車上下學。不過吐槽這一點就太掃興了，所以春雪姑且把這件事擺在一邊攤開雙手回答。

「是、是啊，不是我開的……可是，這也就是說，Ash兄你隨時都打開BR待機喔？」

「OF COU——RSE！只要是有人SELL的BATTLE，大爺我都照BUY不誤！」

「真、真不愧是Ash兄……可是，那，這場亂鬥是誰開始的……」

「我還以為你是打算要把早上打平的那場做個了結啊。」

春雪被坐在座位上雙手抱胸的Ash影響，跟著擺出同樣的姿勢聳聳肩膀。

「連續打平兩場，當然是有點燃燒不完全啦……可是今天早上那場，都是因為你去撞睡暴龍……」

「有什麼辦法，那個時候是你跟我妹間接接……」

Ash以不經意的口氣說到這裡，眼窩又開始燃燒熊熊烈火，嘴前的縱向縫隙部分冒出白色的蒸汽。

「……大爺我想起來了……Crow，我想起我得把你壓得很~扁很扁才行啊……」

「不、不、不管是間接還是肉搏，我都沒跟綸同學做任何奇怪的事情！」

「肉、肉、肉搏？你又不是藍色系，在說什麼鬼話啊BULL SHIT！」

「就說我什麼都沒做了！倒是Ash兄，現在的問題是，這場亂鬥是誰開的啊！因為這個傢伙是知道對戰名單上有我和你在還按下開始鈕，也就是說，這人覺得不管是你還是我……甚至認為我們兩個聯手都打不過他……」

春雪拚命搶話，Ash大哥才好不容易把注意力拉回現在的狀況，不再從嘴噴出蒸汽。

但春雪也放心不了多久，接著Ash不但噴出蒸汽，甚至還噴出了橘色的排氣火焰。

「大爺我TERA BURNING啊！竟然有人以為可以一個人打贏我Ash大爺和臭烏鴉？這小子是哪裡來的SUCK混球！」

「你、你問我我問誰啊？搞不好會是7級以上的高等級玩家……」

「哼，大爺我和你的等級加起來不就有10級啦！怕7級還敢跑在環七上嗎！」

「不、不是這個問題……」

就在春雪頭痛不已的時候。

北側冰壁上往東十公尺左右的地方，在一陣轟然巨響中粉碎四散。本以為是紅色系的遠程砲擊，正要望向天空，立刻又發現不對。這厚實的冰壁不是從外側破壞，而是從內往外擊破的。

也就是說，有個連上這個戰場的人，不想花時間沿著地形先出到青梅大道上，就直接從東北方，也就是中野車站方面直線移動過來。但冰雪空間的冰壁儘管比不上魔都或鋼鐵空間的物件，仍然十分堅固。要不用停下腳步就一路用武力開路，除非是有著高熱系攻擊能力的超頻連線者，再不然就是有著不把冰當一回事的強韌裝甲……

「……難不成是……」

就在思考運轉到這裡的瞬間，春雪發出沙啞的驚呼。

腦海中浮現出來的，是他在星期二放學後去到中野第二戰區對戰過程中，所發生的一個場面。當時春雪採取的作戰，就是背靠鋼鐵空間厚實的牆壁，準備伏擊應該只能從左邊或右邊接近的敵人。然而敵人卻從春雪意想不到的方向——正後方，打穿鐵板展開奇襲。

這個超頻連線者，就是有著超高硬度鎢裝甲的神祕1級玩家。被藍之團的大幹部Mangan Blade評為天才，能以「物理無效」特殊能力擋住所有非能量系攻擊的……

「Wolfram……Cerberus……」

就在春雪喊出這個名字的同時，籠罩在洞口的冰霧後方，出現了一個稜角分明的輪廓。覆蓋著金屬灰色調裝甲的右腳，深深踏進路面上的積雪。系統進行接敵判定，讓春雪的視野右上方出現了第二條體力計量表，上面顯示的名稱無疑就是Cerberus。

像是狼頭的面罩張開三公分左右，露出底下有點黑的護目鏡。雖然看不見鏡頭眼，但春雪痛切地感受到兩道強力的視線已經照射在自己身上。

Cerberus從他在冰壁上開出的大洞走到青梅大道上，踩響積雪走了過來，在距離春雪與Ash只有兩公尺左右的位置停下腳步，輕輕一鞠躬。

「……HEY HE——Y，是個沒看過的FACE，該不會這場亂鬥就是YOU開……」

「開戰者就是你嗎？Cerberus。」

春雪打斷Ash的話這麼一問，造型稜角分明的面罩就再度上下點動。

「是，Crow兄，就是我開的。能見到你真是太好了，我一直相信你一定會打開BR模式。」

這句以堅毅的少年嗓音說出來的話，讓春雪一時間答不出來。因為他之所以開啟亂鬥模式，純粹是冒失到了極點的操作失誤所造成的，但現在不是在意這種事情的時候了。

Wolfram Cerberus的名稱意味著地獄三頭犬，而他也人如其名，身上有著兩個以上——多半是有著三個人格。從態度、語氣，以及原本的頭部在正常發揮功能看來，現在和春雪談話的，就是第一個和春雪打過的「Cerberus I」。一副少年的語氣，說話非常有禮貌。

而當頭部面罩完全合上，左肩的裝甲張開時，人格就會切換到「Cerberus II」。這個人格說話就比較粗野，但最大的改變，是在於連能運用的特殊能力都會跟著人格切換。I所擁有的「物理無效」就已經強得超出常軌，II的「技能捕食」則更加駭人。這種能力名符其實，可以吃掉對戰虛擬角色的能力，II當時就暫時複製了Silver Crow的「飛行能力」。

I和II都是可怕的強敵，但純以交談對象而言，還是跟I聊起來比較不會緊張。因此春雪特意不去訂正Cerberus的誤會——儘管心中也不是沒有想裝模作樣的想法——問下去：

「可是……如果你的目的是想見我，為什麼要特地開亂鬥？我本來還打算明天放學後還要去中野第二戰區說……」

「這……」

Cerberus難得吞吞吐吐，微微低著頭回答：

「……我無論如何都非得在今天見到你……不，是非得和你對戰不可。我在中野等了一陣子，但看樣子Crow兄今天不會來，所以我就來到杉並……可是這裡是黑暗星雲的領土，我沒辦法對你挑戰，所以只好開亂鬥模式……」

「啊……抱、抱歉，其實我本來打算一放學就要去中野，但是後來有很多事情要辦……」

春雪不由得先道歉，接著第三次歪頭思索。

「可是，非對戰不可……是為什麼？如果是說想對戰我還可以理解……」

「……對不起，Crow兄，現在我不能告訴你理由。很抱歉都是我在要求……但是拜託你，請你和我打一場！」

Cerberus莫名地以有點鑽牛角尖的嗓音這麼呼喊，踏上了一步。

但這時卻聽到排氣量很大的V形雙汽缸引擎發出吼聲。是之前一直不說話的Ash Roller右手用力催了油門。

「給我WAIT一下——！我不知道YOU是誰，可是剛才聽到現在，才發現你這1級的NEWBIE還真是話都你在講！你聽好了，這隻烏鴉是大爺我先預約的！想打就給我乖乖排隊！」

……我說Ash兄啊，說要排隊，不就變成以你會打輸我為前提了？

春雪尚未吐槽，Cerberus卻視線始終固定在前方，低聲回答：

「對不起，請你不要來礙事。我只想跟Crow兄打，我不知道你是誰，但是我沒有事情要找你。」

他這一回答，Ash又用嘴噴出憤怒的白煙。

「你、你這小子──！你還真敢SAY！不好意思，大爺我可不是觀眾，這裡是亂鬥空間，這些大爺我都會讓你REMEMBER啊！」

春雪還來不及阻止，Ash已經踹向打檔踏板，同時油門全開。前輪濺起白雪高高抬起，往Cerberus頭上壓去。

一聲轟然巨響響起，濺起大量的雪花。春雪以雙手要舉不舉的姿勢等著視野淨空。過了一會兒，出現在眼前的光景非常驚人。

小個子的Cerberus用交叉的雙手擋住了機車的前輪。儘管放低了姿勢，膝蓋卻並未著地。要是春雪做出同樣的事來，肯定會頂不住明顯超過兩百公斤的重量，被壓得全身關節噴出火花而倒地。以前他只是把這輛機車的後輪抬起十公分左右，雙手就受到了不小的損傷。

「你……這……你這……混帳傢伙……」

Ash Roller從座位上站起，拚命把體重往握把上壓，但Cerberus就是不動。他的面罩還開著，所以應該尚未發動「物理無效」，而且也不知道這種特殊能力對於壓力損傷是否有效。

說穿了Cerberus不只是「硬」，還很「堅固」。仔細想想，他正面接下重量級虛擬角色Frost Horn的衝撞，卻能留在地上而不被撞飛。若不是撐在地面的雙腳有著極高的耐重、耐衝擊力，實在不可能辦到。

也就是說，關節技可能也對Cerberus不管用。春雪在腦內備忘錄裡加上這麼一行，Ash就不耐煩地大喊：

「TERA SU——CK！你這小子差不多一點，乖乖讓我壓扁啊！」

看到他站在機車踏桿上，右手扭轉油門，春雪用雙手比出一個大交叉。

「不、不行啊Ash兄！這時候催油門會……」

可惜為時已晚，接地的後輪猛然開始旋轉，必然導致機車前輪再度抬起。而且Cerberus不放過這個機會……

「唔……喔喔喔！」

他犀利地大吼，同時雙腳像強力彈簧似的伸直。被他從下往上在前輪上施力，機車幾乎當場直立，車身不穩定地前後左右搖動。

「N、NO！NO——！」

Ash死命抓著握把，拚命想把機車往前倒，但車身反而慢慢往後傾斜，最後砰的一聲倒在雪地上。巨大的引擎下方傳來：「嗚嘎！」的喊聲與紅色的損傷特效，顯示在春雪視野右上方的

ASH體力計量表減少了一成左右。

所幸底下是很深的積雪，看來Ash並未繼續受到壓力損傷，但憑Ash自己的力氣似乎推不開機車。看到世紀末機車騎士放聲大罵、胡亂掙扎，春雪正要跑過去幫忙……

「請、請等一下，Ash兄，我馬上幫你把機車……」

然而……

一個造型稜角分明的輪廓攔在他的去路上，這個人當然是Wolfram Cerberus。他散發出來的氣息和先前不太一樣，一種想不開的感覺從狼頭狀的面罩縫隙濃濃地傳了出來。

「……Crow兄，我再拜託你一次。請你……和我打。」

不知道為什麼，這個像是年幼少年一般高亢而清澈的嗓音，會讓春雪聯想到金屬被施加壓力到幾乎碎裂的情形。春雪停下腳步，看著對手藏在護目鏡下的眼睛問說：

「我剛剛也問過……你為什麼那麼急著對戰？昨天打輸所以想雪恥的心情我也不是不懂，可是更之前那場我就輸得徹徹底底……如果今天不行，明天再打過不就好了？」

「那樣就太遲了！」

Cerberus突然大喊，讓春雪倒抽一口氣。灰色的金屬色虛擬角色握緊雙拳，用強行壓低的嗓音說下去：

「我……非得一直贏不可！要是不一直贏下去，我，就會不是我了……！」

「你……你在說什麼啊，Cerberus！『對戰』不就是有輸有贏嗎？大家都是這樣慢慢變強的……」

「我沒有這種時間！」

這個打斷春雪說話的叫聲，聽起來有一半以上像是哀嚎。

「我……我非得證明自己配得上Wolfram Cerberus不可！要證明這一點……唯一的方法就是現在立刻打贏你啊，Silver Crow！」

這句話伴隨著物理壓力擴散到空間中，劇烈撼動了飄在空中的鑽石塵。Cerberus彷彿想強調話已經說完，高高舉起雙拳往水平方向攤開，接著在胸前劇烈地互擊。系統接收到發動特殊能力的動作指令，彷野獸上下顎的面罩猛然咬合。這表示他轉移到了「物理無效」狀態。

「……接下來只能用拳頭講了，是吧？」

春雪喃喃自語，接著點頭回答：

「我知道了，我們就打一場，畢竟我們是超頻連線者。」

聽到這句話的瞬間，Cerberus精瘦的身體微微顫動，但立刻默默點了點頭。春雪先對還被壓在機車下面掙扎的Ash Roller說了聲：「對不起，Ash兄，請你等一下」，接著往後跳開一大步。朝倒數的時間一瞥，還剩下將近一二〇〇秒。Cerberus的戰鬥風格和他相似，打起來很容易速戰速決，所以應該夠分出勝負。

春雪在寬廣的青梅大道正中央放低姿勢，雙手在身前擺出架式，大喊一聲：

「來吧！」

緊接著立刻聽到回應：

「我要上了！」

Cerberus腳邊掀起了大量的雪。春雪動用全部的五感，捕捉對手筆直衝來的身影。Cerberus爆發性的衝刺力還是一樣驚人，但地面的積雪成了阻礙，讓他的速度比昨天在暴風雨空間裡慢了一些。

……同樣的戰法可贏不了我！

春雪在心中這麼吶喊，以緩慢的動作左腳後縮，緊接著Cerberus就扭轉身體，踢出右腳中段踢。

春雪以右手掌柔軟地接住這幾乎連空中的冰分子都會粉碎的一腳，接著自己也猛力讓身體往左迴旋，把對方帶進同個方向的旋轉動量，同時以左手抓住Cerberus的腳踝。

「……喝啊啊！」

短短的呼喝聲中，以半摸向對方的姿勢拋摔對手。Cerberus就像昨天一樣，直線的剛性招式被春雪「以柔克剛」，眼看就要一頭栽進地面……

聽到大量的積雪在一聲悶響中濺起，春雪才總算發現演變這樣的情形，失策的不是Cerberus

而是自己。

對上物理無效狀態的Wolfram Cerberus，唯一有效的傷害來源就是「摔技」，但這招在冰雪空間的效果會減半，因為地面的積雪會變成軟墊。Cerberus被摔後，體力計量表減少了將近一成，但並未像昨天那樣行動停止，從下方用雙手雙腳纏上春雪的身體。

「嗚……！」

春雪拚命想掙脫，但Cerberus裝甲上尖銳的稜角卻成了倒勾卡住。轉眼間就被Cerberus從正面纏上，用雙手雙腳分別固定住他的胸部與腰部。

「……這就是『物理無效』的另一種用法。」

耳邊剛聽到這句話，立刻就有強大的壓力襲向胸部與腹部。Crow的金屬裝甲發出異樣的聲響而彎曲，劇烈迸出橘色的火花，視野左上方的計量表被毫不容情地消滅。

BRAIN BURST的對戰虛擬角色幾乎都有嘴，但不需要呼吸。因此無論身在水中還是宇宙空間，又或者被勒住咽喉或胸部，也不會產生窒息損傷。但春雪的計量表仍然在減少，這是因為他在承受物理壓力損傷。金屬色的裝甲本來理應承受得住空手施壓的招式，但這招卻靠著Cerberus那壓倒性的裝甲強度，達到必殺的境界。

……真有一套。

即使處於軀幹慢慢被壓扁的痛苦當中，春雪仍然對Cerberus產生了強烈的讚賞念頭。

昨天的午休時間裡，和楓子一起幫春雪特訓的黑雪公主就說：「你最好想成昨天對戰裡對Cerberus用過的招式，今天都已經不管用了」。因此春雪才運用第一戰中並未動用的「四兩撥千斤」贏得勝利，但Cerberus卻也同樣只花一天，就對春雪的招式做出了對應。

「……你很強，Cerberus。你真的很強。」

春雪忍著痛苦，從被絞緊的胸口擠出這句話。幾分鐘前他才說過要「用拳頭講」，但有個問題他就是不能不問。

「……但你卻這麼急……到底是為了什麼……？你說不一直贏下去，你就會不再是你……這是什麼意思……？」

春雪並不覺得他會回答，但令他吃驚的是眼前的臉孔發出了極小音量的說話聲。

「……這……就和昨天跟你打過的『二號』一樣……身為『一號』的我，也只是預備品。」

「預……預備品……？」

「對。我和二號只有在各自進行自己職責的時候，能夠獲准當Cerberus。而我的職責……就是打贏對戰。我只是用來打贏對戰，賺取點數的工具……」

一聽到這句話，春雪甚至一瞬間忘了自己所處的危急狀態，全力運轉大腦。

昨天對戰的尾聲出現的Cerberus II，也就是住在虛擬角色左肩的「二號」就說過：「因為我是為了某個目的而調整出來的」「就是裝備上被你封印起來的那個東西」。

春雪推測他所謂的那個東西，指的就是受詛咒的強化外裝「The Disaster」。既然II是負責控制災禍之鎧，那麼II就是負責賺取超頻點數了？

「……你之所以留在1級，理由就是為了這個？為了增加打贏對戰時賺到的點數……」

聽到春雪這句話，貼在一起的頭部微微點頭回答：

「是的。所以我非得一直贏下去不可。我非得打贏，證明自己是有用的工具不可……」

透過貼在一起的裝甲聽到這句話，春雪心中立刻有一股火焰熊熊燃燒起來。

他想起了剛當上超頻連線者的那陣子，就對上輩黑雪公主說過說過類似的話。說我只是用過就丟的棋子，只是乖乖聽命行事的工具，妳其實也知道這樣的待遇才適合我。

黑雪公主聽到這幾句話，流著眼淚打了春雪一巴掌。想來就是在那一瞬間，春雪才成了真正的超頻連線者。

「證明自己是有用的工具？對誰證明？對『上輩』？對伙伴？還是對軍團長？」

Cerberus並不回答春雪摻雜怒氣的逼問，但春雪仍以幾乎被壓垮的嗓音大喊：

「這種證明……根本什麼價值都沒有！超頻連線者唯一非證明不可的，就是堅強的心！而證明的對象，永遠都是自己！」

「那……請你現在就證明這點給我看！」

這次換Cerberus燃燒著多種情緒這麼呼喊。

「對你來說，這場對戰只是幾百次對戰當中的一場！所以就算輸了，也不會有人放棄你！可是我不一樣！對我來說，每一場對戰都非打贏不可！如果你要說我的這種『證明』是假的，你的『證明』才是真的……那請你現在！就從這個狀況下，打贏給我看啊，Silver Crow！」

隨著吶喊的情緒升高，熊抱的壓力也越來越強。照理說他的力氣本身應該比不上藍色系的大型虛擬角色，但有著絕對硬度的裝甲本身就成了武器，壓得Crow裝甲凹陷，稜角更在上面刺出洞來。

體力計量表只剩下不到三成。照這個速度，多半不用一分鐘就會扣光。但春雪仍然堅定地點頭回答：

「知道了，我就證明給你看。」

他簡短地說完，雙手就抵上Cerberus的頭部，全力嘗試把他從身上分開。如果他的手並未受到束縛，遇到這種情形應該會以打擊招式進攻，但當Cerberus發動「物理無效」時，拳擊或肘擊都不管用。

「唔……喔……！」

春雪發出呻吟聲之餘，拚命撐直雙手，但雙方的面罩只分開了五十公分左右，Cerberus圈在他背上的雙手絲毫沒有要鬆開的跡象，春雪的努力反而增加了壓力造成的損傷，加快了計量表的減少。

「沒用的，Crow兄，我看過一大堆你的研究資料。你沒有任何手段可以從這個狀況反敗為勝。」

被春雪以雙手按住的面罩下，發出恢復冷靜的嗓音。

他的話絕對不誇張。由於春雪的必殺技計量表已經集滿，只要拖著Cerberus飛到高空，用俯衝推他撞向地面，應該就可以造成損傷，然而春雪的背部——用來張開金屬翅膀的部分卻被牢牢固定住。如果想強行張開，說不定反而會讓翅膀損壞。

Cerberus之所以不挑更脆弱的脖子，而是對胸部施壓，多半就是有著想癱瘓春雪飛行能力的目的。看樣子他真的研究過Silver Crow的弱點。儘管好奇這資料是誰整理的，但現在更重要的是……

「……那，你看的資料，似乎……不完整啊。」

春雪語帶呻吟地這麼一說，就卯足全力，把雙手完全撐直。不只是被絞緊的胸部，連肩膀與手肘都濺出火花。雙方的面罩分開了將近一公尺，但Cerberus的手仍然不鬆開。但春雪的目的並不在此。

短短一公尺。他不惜多消耗所剩不多的體力計量表，就是為了拉出這段距離。

「唔……喔喔喔喔！」

春雪大喊一聲，放開雙手，迅速在眼前交叉。空氣轟然震動，Silver Crow的鏡面護目鏡迸出純白的光芒。

「什麼……」

Cerberus發出沙啞的驚呼聲，春雪就瞪著他這縮減到只有一公分寬的面罩縫隙，雙手完全攤開，喊出招式名稱。

「頭……錘——！」

圓滾滾的頭盔拖出彗星似的尾巴，以驚人的速度往斜下方衝去，轉眼間就衝過一公尺的距離，重重撞在Cerberus的臉上。這一記頭錘撞出幾乎撼動整個對戰空間的同心圓狀特效，連四周的積雪都被激飛。

如果這只是普通的頭錘，當然破不了「物理無效」的加持，相信粉碎的反而會是Crow的面罩。然而春雪所使出的，卻是Silver Crow的1級必殺技「頭錘（Head butt）」。

由於這招射程短，前置動作又長，正常出招根本打不到人。值得紀念的初次使用時，就出過在即將發動之際被Ash Roller的機車壓扁的洋相，所以之後春雪可說完全不再動用這招。

也因此，幾乎所有超頻連線者都不知道他有這麼一招，相信Cerberus看到的資料也不例外。即使萬一他知道有這招，也不可能知道詳細的屬性。

這招「頭錘」的損傷屬性，一半是物理／打擊，另一半則是能量／光。

光屬性能量攻擊，是和以「黑暗擊」為代表的虛無能量攻擊相反的屬性，與雷射攻擊相比則似是而非。這種屬性沒有熱量，幾乎可以貫穿所有裝甲，是造成非指向性的純粹衝擊。

也就是說，即使其中一半威力受到Cerberus的「物理無效」所阻，另一半卻會穿透。

另外還有一點。幾乎所有近戰系的必殺技，無論攻擊目標為何，都會取消反作用力對自己造成的損傷。如果是普通的頭錘，反倒是出招的春雪自己會扣計量表，但唯有現在不一樣──

「嗚啊……！」

Cerberus從零距離受到意想不到的衝擊，驚呼出聲的同時放鬆了雙手的擒抱。遲了一瞬間後，背部重重撞在露出的白色地面上。和昨天同樣的摔技損傷當場生效，第一撞就扣了三成以上的體力計量表，又多扣了三成。

Cerberus儘管受到幾乎半個人都埋進堅硬地面的衝擊，仍然果敢地立刻試圖反擊。他再度伸出雙手，想再度抱住Crow晚他一步落下的身體。

但春雪迅速閃動雙手，反而抓住Cerberus的手，將金屬翼片從重獲自由的背上完全張開。

「喔……喔喔喔！」

春雪大吼一聲，把重金屬虛擬角色從地面拔了出來。接著繼續以全速垂直上升，轉眼間就來到將近一百公尺的高度。

這時遠方高空的雲層縫隙間射進朦朧的陽光，將由雪的純白與冰的淡藍點綴而成的冰雪空間照得美不勝收。春雪雙手吊著Cerberus轉移到懸停狀態，兩人的虛擬角色也籠罩在色彩各不相同的銀色光芒中。

Wolfram Cerberus不動。

本以為他又引發了人格交換現象，但看樣子並非如此。罩在臉上的面罩鏗的一聲開啟。Cerberus以露出的黑色護目鏡，環顧這一路延伸到遠方地平線的冰雪世界，輕聲說道：

「我都不知道……原來就連正規對戰空間，也可以看得到這麼遠……」

「……嗯，是啊。畢竟這個世界是無限的。」

春雪回答完，先頓了頓才說下去：

「加速世界裡還有很多很多你不知道的事情啊，Cerberus。當然我也一樣啦……我不時會想，就連對戰的勝敗，其實也只是這個世界的一種成分……」

「……一種……成分。」

Cerberus以不成聲的聲音喃喃複誦，春雪朝他重重點頭：

「對……我以前，就在那邊那家醫院……」

說著微調身體面對的方向，讓聳立在阿佐谷車站東北方的大型醫院進入Cerberus的視野。

「……跟我一個重要的好朋友打過。最後我就像現在這樣，拖著好友飛在天上……我本來想把點數瀕臨耗盡的他丟到地上。」

「……」

「……可是，我下不了手。不是因為他是我好朋友，也不是因為同情。是因為我覺得對戰的意義不該由BB系統決定，應該由我們自己決定。我們雖然是為了取得超頻點數、提升等級，為了變強而戰……可是，這不是全部。相信一定有著更重要的東西，會透過對戰得到或失去。」

「……你說的……是什麼東西……？」

「我也還不知道。可是，我覺得只要和伙伴一起在這個世界打下去……不，是只要活下去，有一天就會知道。」

「……」

當春雪將視線從遠方的醫院，拉回到再度沉默的Wolfram Cerberus身上時，卻驚覺地瞪大了眼睛。

因為他看到仿狼頭造型的面罩下露出的護目鏡邊緣，流下了閃閃發光的冰珠。這不是沾到飄舞在對戰空間中的鑽石粉塵，而是凍結的眼淚。

「……我也……」

Cerberus的雙手在顫抖的嗓音中動了動，從下方反握住抓住他的手。

「我也……想知道……這個答案。如果說這個世界裡……有著比打贏對戰還更重要的事物……我也想……看一看。」

「你看得到的。」

春雪忍著一股上衝的熱流這麼回答，接著深深吸一口氣，正要說：「跟我一起來」。

但他說不出這句話。

因為一道從地上延伸上來的淡紫色光束，輕而易舉地射穿了春雪的左邊翅膀。晚了一拍後，聽到嗡一聲高亢的震動聲響。

「嗚啊……！」

春雪發出驚呼聲，Cerberus也同樣發出「啊啊……！」的叫聲。聽起來像是他知道這道光束是怎麼回事，但春雪還來不及問個清楚，就已經頭下腳上，螺旋下墜。他拚命試圖靠右邊翅膀恢復平衡，但身上掛著沉重的Cerberus，實在是力不從心。春雪心想至少不要讓他受到從高處摔落的損傷，在即將著地之際強行發出逆向推力，終於勉強完成軟降落。

他們撞飛大量積雪墜落的地點，是在原來所待的路口西邊五十公尺左右。在路口可以看到似乎總算從機車下面脫身的Ash Roller，用雙手食指拚命指向南方。

就在春雪跟著看去的瞬間。

他再度聽到了嗡的一聲，一棟五層樓建築的屋頂閃出紫色的光芒。幾乎就在同時，一種灼熱無比的感覺貫穿右肩。包括先前的一擊在內，體力計量表已經扣到不剩一成。

「嗚啊……！」

春雪在呻吟聲中倒地，就看到有個身影攤開雙手擱在自己身前。是Cerberus。

「為……為什麼？和Silver Crow打應該是我的工作！」

他再度發出哀嚎似的嘶吼。從他的話聽來，他顯然知道這個發射紫色雷射的攻擊者是誰。

春雪以左手按住右肩受傷的部位，拚命凝視大樓屋頂。看樣子有人站在屋頂上，但逆光讓他只看得出輪廓。這人身材苗條，頭部卻大得突兀。

這個人影舉起之前撐在腰間的右手，豎起一根手指輕輕搖動。

「我也不想做這種掃興的事啊，小一。」

這是個含笑的女性嗓音。這種關西腔春雪不但聽過，而且還是在四天前的「七王會議」中站上證人台時，從極近距離聽過。

「——Argon Array……」

春雪以顫抖的嗓音叫出這個名字的瞬間，陽光再度被雲層遮住，讓輪廓得到了色彩。

她全身的裝甲是淡紫色，戴著很大的帽子，臉的上半都被附有圓形鏡頭的大型護目鏡遮住。帽子前方還嵌著兩個比護目鏡更大的鏡頭，其中一邊以遮罩遮住，另一邊則露了出來。

Argon Array外號四眼分析者（Quad Eyes Analyst），有著能夠透視其他超頻連線者能力畫面的特殊能力。她的外號就來自這種能力，春雪本以為這表示她並不具備搶眼的攻擊力，沒想到……

「那妳為什麼來礙事……」

Cerberus以沙啞的嗓音說到一半，紫色閃光又閃出十字光芒。光源來自Argon Array帽子上的鏡頭。鏡頭發出嗡的一聲。這次射出的細小雷射不是射在春雪身上，而是從Cerberus頭部附近掠過，深深射進後方的冰壁。

「小一，說我礙事也太難聽了吧，也不想想我是來幫你的。好啦，不要在那邊套無謂的交情，趕快從這小弟弟身上要走點數吧。不然……」

儘管距離將近三十公尺，春雪仍然看到Argon的嘴角露出開朗的甜笑……但這笑容當中卻又有著一股令人不寒而慄的冰冷。

「……這次小三真的會跑出來喔？」

這句話春雪聽不懂，但一聽到這句話的瞬間，Cerberus的背影就劇烈顫抖，為了保護春雪而攤開的雙手也微微放低了角度。

但接著這個小個子的1級超頻連線者就握緊了灰色的拳頭。從正面看著達到8級的Argon，大喊：

「我……我再也不想打這種只為了賺點數的對戰了！Crow兄教會了我！告訴我這個世界上

……有比點數，比勝敗，更加……」

嗡。

第四發雷射命中的地方，是Cerberus的左腹部。

對物理攻擊有著絕對抗性的超硬鎢裝甲，被這道口徑凝聚得像針一樣細的射線輕而易舉地貫穿，剩下三成多的體力計量表一口氣被扣到未滿一成。

春雪伸出雙手，抱住腳步踉蹌往後一倒的Cerberus。但身體使不上力，膝蓋跪到雪地上。

Argon從高處俯視無力站起的兩人，以仍然不失開朗的語氣說：

「不行啊，小一！你怎麼可以跟我頂嘴呢？小一的工作不就是去賺很多很多的點數嗎？除此之外你什麼都不用去想。畢竟……」

她的話被一陣突然響起的巨大引擎聲打斷。接著更有一聲比引擎聲更大聲的喊聲：

「TERA SU——CK！」

春雪震驚地轉頭一看，就在東邊遠處的路口，看到重新騎上機車的Ash Roller雙眼燃燒著前所未有的怒火。

「喂！那邊那個紫色四眼田雞！不要給我越講越囂張！看大爺我！怎麼幫妳LE——SSON！對戰的MEANIN——G！」

兩根排氣管噴出深紅色排氣火焰，美式機車開始朝Argon所待的大樓筆直衝去。

「不……不可以，Ash兄！快跑……」

春雪拚命喊叫，但射出的雷射毫不留情，從正面射穿機車的車頭燈，一路貫穿到油箱，讓行駛中的機車籠罩在紅黑色的爆炸火焰當中。

機車冒出大火，靠慣性行駛了一會兒後往旁一倒，Ash腳步踉蹌地走遠幾步，往前撲倒在地。或許是因為對爆炸屬性的傷害挨個正著而痛得暈眩，沒有要站起的跡象。體力計量表和春雪他們一樣，減少到未滿一成。

「啊……啊啊……」

這裡不是無限制中立空間，而是屬於正規對戰之一的亂鬥空間。因此即使計量表扣到零，也只是增加一場敗績，減少幾點點數，之後就可以直接離開對戰空間。

但春雪口中仍然發出悲痛的呼聲，兩眼滲出眼淚。

對戰不是只為了賺取超頻點數而打，一定還會因而得到或失去更重要的東西。剛才春雪就對Cerberus這麼說。

Argon Array這冷酷無情又壓倒性的攻擊，正一點一滴地從春雪、Ash與Cerberus身上，奪走寶貴的事物。他會流下眼淚，就是因為感受到這一點。儘管想挺身對抗，拿回被奪走的事物，身體卻不聽使喚。

春雪抱著Cerberus轉頭，朝大樓上的Argon看了一眼。

「分析者」再度露出滿面笑容說：

「沒辦法，今天就先收場吧。小弟弟，你應該慶幸，就算被我殺了，也扣不了幾點點數，你可以放心的。」

帽子上的鏡頭將準星對在春雪身上，開始籠罩在紫光之中。紫光越來越明亮，越來越強，最後集中在一個點上。

但接著亮出光芒的，卻不是紫色的雷射。

不知從何處飛來的藍色光芒，擦過了Argon的左肩。緊接著就是第二次、第三次攻擊。接連投射過來的不是雷射，而是冰。是像針一樣尖銳的冰之槍。

把停止發射而專心閃躲的Argon逼到屋頂角落之後，冰槍才停止投射。

Argon收起笑容瞪視，春雪也茫然順著她的視線望去。在青梅大道對面的北側，有一棟差不多高的大樓。這種大樓屋頂上，站在東南角落的第五名超頻連線者，籠罩著一層比冰槍更加透明的水藍色。

這人同樣是女性型虛擬角色，但外型卻不穩定地搖動。這是因為這個人全身都覆蓋著一層透明的流體——水。或許是因為冰雪空間的寒氣影響，水中混進細小的冰晶顆粒，讓虛擬角色全身都像鑽石似的閃閃發光。

這名神祕的水虛擬角色，以流線型面罩上發出泛青色光芒的雙眸注視Argon Array，用平靜卻又強而有力的聲響說道：

「要輸給1級而扣掉一大堆點數的人，是妳。」

春雪記憶中很深很深的地方，傳來一陣水流的聲音。

（待續）

後記

大家好，我是川原礫，在此為各位讀者送上《加速世界12 紅色徽章》

我想如果各位讀者已經看完本集，應該就會知道副標題的含意。到了這一集，從第一集就一直拖到現在的「黑之王扣光初代紅之王點數事件」終於揭曉詳情了。

我有個壞習慣，就是會寫到一半才接連追加很多設定，但這件事卻難得維持住了從一開始就想好的構想。白之王White Cosmos終於登場……是沒有啦，但至少名字出場了（笑），黑雪公主與春雪要如何對抗她呢？我想這就要請各位讀者期待續集了！也就是說，這次又弄成待續了，非常對不起！

除此之外，本集中還有一個在上次後記中提到我從「加速世界虛擬角色設計賽」採用的對戰虛擬角色「Chocolat Puppeteer」登場。她的戲分比我當初想像中要重要得多，對此我也覺得十分驚喜，但更加意想不到的，卻是責任編輯三木對這位Chocolat小姐執著得不得了（笑）。聽到他下令：「多寫一點舔她的場面」，我回答：「可是這是虛擬角色耶！」結果蒙他開導說：

「所以才讚啊！」我當場恍然大悟，所以就讓她被舔了個夠。為本作設計這位虛擬角色的幾弥なごみ小姐，非常對不起！同時也非常謝謝您！

至於虛擬角色設計賽，在二次徵稿時也將再發表三位參賽者的應徵作品，採用到原作之中。這些虛擬角色也會依序登場（只是篇幅多半會受限……），敬請各位讀者期待！

等到本書出版，相信電視版動畫的播放也已經漸入佳境，而在動畫版第6與第7話（在原作則是第10集）登場的「四大元素」之一的Aqua Current，終於在本集當中再度登場了。我打算從下一集開始，讓她成為固定主力活躍，但這一來又會讓春雪身邊的女性變多，真是令人戰戰兢兢呀！

除了她以外，這次也繼續增加了許多新角色。感謝ＨＩＭＡ老師把他們都畫得可愛又帥氣；責任編輯三木先生，讓您費神讀這種跟事前開會時講的完全不一樣的原稿，真的是非常謝謝您。

第13集預計間隔會久一點，但是下次劇情也會告一段落，還請各位讀者繼續給予本作品支持與愛護！

二〇一二年六月某日　川原　礫

Accel World 12

天藍色的翅膀

1

世界在轉。

這種酩酊感就像中了黃之王的必殺技「愚人的旋轉木馬」，但實際情形當然不可能是這樣。因為這裡是現實世界——蓋在高圓寺北區的高層大樓二十三樓，有田家的客廳。

春雪之所以會腳步虛浮，身體前後搖晃，視野左右交互旋轉，絕對不是因為發燒、酒精或吃了奇怪的香菇。是因為春雪一直到十秒鐘前，都還以完全潛行連進由黑雪公主親手設計的ＶＲ空間……代號「ＺＧ０１」，結果登出後平衡感覺仍然繼續受到強烈的影響。

「嗚……嗚噁噗……」

最後口中發出奇妙的聲響，讓春雪趕緊雙手按住嘴，但胃在翻騰的感覺卻始終揮之不去。

「要、要忍耐……要忍耐啊春雪！」

聽到這麼一句話，勉力轉頭一看，就看到黑雪公主坐在離他很近的沙發上，同樣搖晃著臉色發綠的臉孔。在敬愛的劍之主眼前，而且一個小時前才蒙她親手煮了明太子義大利麵，總不能全都吐出來。春雪心想就是因為站著才會頭昏，於是倒退幾步，打算也坐下來。

但身體再度失去平衡，從本來要走的軌道往左後方偏了三十度左右。事到如今也不可能修正軌道，春雪就半倒半坐地坐了下去……

春雪並未感受到皮革沙發那偏硬的抗力，只覺得從屁股到背上都籠罩在一種非常迷人的感覺之中，同時耳邊還傳來一個溫柔的說話聲：

「哎呀呀，鴉同學，你還好嗎？」

春雪用天旋地轉的腦袋煩惱了一會兒，才弄清楚現在是什麼狀況。看樣子他並未坐到沙發上，反而不小心坐到了待在這個房間的第三個人物的膝蓋。

「咦咦，呼哈，對、對對對不……」

春雪趕緊想站起，卻有兩條修長的手臂搶先從後伸來，緊緊抱住春雪胸口。

「沒關係的。來，大姊姊幫你，想吐的感覺飛走吧～♪」

聽著這樣的聲音讓人摸著胸口，就真的覺得噁心的感覺慢慢淡去，實在是非常驚人。春雪就這麼坐在連在現實世界中都有解除異常狀態能力的倉崎楓子膝上，陶醉在與先前不一樣的酩酊感當中，結果……

「……你是想被她抱到什麼時候？」

黑雪公主似乎是靠自己從暈眩中復原，從玻璃茶几上抓起一顆配茶的點心，精準地爆了春雪的頭。

五分鐘後。

春雪終於恢復正常感覺，摸著額頭嘆氣說：

「學姊，勞煩妳費心做出ＶＲ空間……可是這實在太會暈了啊。不但進去的時候會頭昏眼花，連下線後都會暈成這樣，實在是超乎想像啊……」

「唔、唔……我也沒想到效果會這麼強。而且楓子，為什麼就只有妳沒事？」

楓子同時受到春雪與黑雪公主的視線照射，以若無其事的表情將裝了冷茶的茶杯送到嘴邊喝了一口，這才微微一笑：

「我從以前就是這種不會暈車的體質。就算在車上玩２Ｄ的賽車遊戲也完全沒事。」

她所指的２Ｄ，指的是不屬於完全潛行型，而是在虛擬桌面上開出平面遊戲視窗的類型。也就是說血肉之軀的五感都還在運作，自己搭的車所進行的加減速或迴旋所產生的Ｇ力變化，與賽車遊戲內的車身動作完全不一致。春雪忍住這種光想像就差點又要嘔出來的感覺，露出無力的笑容：

「這、這可厲害了……我本來以為自己算是很不會暈車的，不過今天這個我真的要棄權。」

「呵呵，只要慢慢習慣就行的，鴉同學。夜還長著呢。」

「……師、師父還想繼續？」

春雪笑容僵硬地這麼一問，楓子就理所當然似的點點頭，將視線轉到癱在對面沙發上的黑雪公主。

「那當然。多虧小幸辛苦做出來……做出本來應該根本沒辦法執行的『完全無重力ＶＲ空間』。」

正是如此。

黑雪公主親手設計的ＺＧ０１，是「Zero Gravity 1號」的縮寫。他們三人到幾分鐘前都還以全感覺方式連進的，是個完全取消了重力感覺的虛擬實境世界。本來由於各家神經連結裝置廠商基於自我約束。裝置是禁止讀取這種軟體的。

當然這個軟體和BRAIN BURST無關，所以他們連進去的時間只有十五分鐘。即便如此，也已經讓春雪的平衡感完全麻痺，一回到現實世界的瞬間，就產生強烈的重力暈眩現象。黑雪公主之所以要費心打造出這種令人覺得廠商的限制自有其道理的０Ｇ空間，理由與BRAIN BURST程式有著密切的關係。

因為現在整個加速世界都在盛傳一個謠言，說從「赫密斯之索縱貫賽」結束整整一個月後的七月五日，就會有一種正規對戰用的新場地上線——而且還是屬於完全無重力環境的「宇宙空間」。

「……畢竟如果謠言是真的，習不習慣０Ｇ的感覺，差別實在很大啊……」

春雪說這句話有一半是在說服自己，說著用力握緊雙手。

「我，會努力的。就在今天晚上，我至少會練到不會暈！學姊，我們再來一場吧！」

但黑雪公主卻並未立刻對他氣勢十足的台詞做出回應。她仍然維持只差一點就要從沙發滑下去的姿勢，默默閉著眼睛。如果是在平時遇到這樣的情境，她都會立刻回答：「嗯，就是要有這種志氣！」讓春雪以要站不站的姿勢納悶她到底怎麼了，就這麼看了一會兒……

幾秒鐘後，黑雪公主終於拉起了眼瞼，黑色的眼睛略顯慵懶地看著天花板，嘴唇微微動了動。

「……泡澡。」

她小聲吐出這個字眼。

「什、什麼？」

「我去泡澡。」

黑雪公主不穩定地晃動著上身站起。由於她是從梅鄉國中一放學就直接來到有田家，身上還穿著制服。楓子應該已經先回家一趟，但身上卻也穿著她所就讀的高中制服。

看到黑雪公主搖搖晃晃地走到客廳角落，提起疑似裝著替換衣物的大型運動提袋，楓子露出拿她沒轍的微笑站了起來。

「對不起了，鴉同學，我們先洗澡了。我也得去照顧一下小幸，照她這樣子看來，多半會在浴缸裡溺水。」

「什、什麼？」

春雪僵在原地思索了一會兒，這才總算意會到楓子的話意思就是「要去和黑雪公主一起洗澡」。雖然已經作好泡澡的準備，但他本以為會等到無重力訓練結束之後才用，所以覺得有點出乎意料之外，思考跟不上狀況。

「好、好的！請用！兩兩兩位慢洗！」

但春雪仍然勉強在沙發上轉移到上半身直立模式，送兩人走出去。

楓子一邊用右手扶著走路還搖搖晃晃的黑雪公主，一邊用左手打開客廳的門，卻在這時回過頭來說：

「機會難得，鴉同學要不要也一嘻……」

她這句話說到後來會破聲，是因為黑雪公主以驚人速度閃動手指，捏住了楓子的臉頰。

「好閧（好痛）、好閧喔小哼（好痛喔小幸）。」

黑雪公主倒拖面帶笑容發出小小哀嚎的楓子，往走廊上離開。楓子仍然面向客廳揮動的左手一收回，門磅的一聲關上之後，春雪才一口氣吐出憋在胸口的氣。

他就這麼沉進沙發，朝牆上的類比時鐘看了一眼。

兩根指針終於指到晚上八點的位置。也不知道是不是因為今天是六月的最後一個星期五，母親寄來了告知今天不回家的郵件，也就是說夜晚還漫長得很。

基本上這次聚會的目的是「因應宇宙關卡的訓練」，所以就活動主旨來看，黑暗星雲的其他團員，也就是拓武、千百合與謠等三人在場也不奇怪。然而參加這個活動的卻只有黑雪公主與楓子，而且兩人都備妥了過夜用品，這是有理由的。

大約一個月前的赫密斯之索比賽前夕，由於大雨、落雷、網路不通等障礙，讓黑雪公主第一次在春雪家過夜。事情就發生在翌日早晨。當天楓子比約好的時間早了許多來到出擊基地——有田家，就目擊到了一切。目擊到黑雪公主穿著睡衣從春雪的房間走出來，搖搖晃晃地走近盥洗室的模樣。

當時楓子基本上相信了他們兩人交互解釋的「不得已的緣由」，送上一個Raker式樣笑容宣告：「請你在這個月內，也招待我參加過夜聚會。只要你答應這個條件，要我幫你們隱瞞倒也不是辦不到喔？」

站在春雪的立場，自然覺得這終究只是開玩笑，即使不是開玩笑，也會在一個月內不了了之，然而……前幾天在加速世界見面時，楓子就露出溫和的微笑說出：「六月也快要結束囉♡」讓他認知到那句宣言既不是開玩笑，也沒有不了了之，嚇得發抖之餘，只好和另一名當事人黑雪公主商量，最後就演變成現在的情形。

說穿了，正處於現在進行式的狀況，就是今晚既是他們三人一起進行「無重力訓練」，同時也是風起雲湧的「過夜聚會」。

當然了，敬愛的軍團長與副團長來自己家玩，春雪不可能會不高興。但話說回來，他卻也沒有心思單純地慶幸。因為黑雪公主與楓子（當然也令人感恩就是了）兩位都強烈自負是Silver Crow的師父，當她們兩人一碰頭，就會微妙地想透過鍛鍊春雪較勁。要是0G訓練結束後，還要順便在加速世界接受一段指導……不，多半，一定會弄成這樣……

「如果這時候躲到小百她家去，不知道會怎麼樣……」

春雪縮在沙發上這麼喃喃自語。

住在兩層樓下方的倉嶋千百合雖然嘴上不饒人，但多半還是肯藏匿春雪，但這麼近的距離恐怕逃不過黑雪公主&楓子的超感覺雷達。那麼乾脆躲到隔壁棟的拓武家……不對不對，應該躲到位於杉並區南側的四埜宮謠家，再不然就是乾脆去位於練馬區櫻台的那家紅色軍團（日珥）拿來當據點的蛋糕店……

就在這一瞬間，一陣輕快的音效中，開出一個占滿春雪虛擬桌面的視窗。這是經由有田家家用伺服器打來的即時通訊。這是一種利用所有房間都有設計的保全攝影機進行的影像通話，也就表示……

「喔、喔哇？」

填滿整個視野的白色（通話對象所在處的蒸汽與泡沫）與淡桃色（通話對象的皮膚），讓春雪猛然倒退，差點從沙發上滑下，但視窗當然並未就此消失。

『喂楓子，妳看著天花板做什麼？』

『我忘了先做個警告。』

『警告？對誰警告？』

這樣的對話伴隨著浴室特有的回音，迴盪在春雪的聽覺當中。這些說話聲音的主人……也就是這些膚色的主人，無庸置疑就是黑雪公主與楓子。

春雪用力閉上眼睛，告訴自己不可以看，還順便用雙手按住眼睛，但視窗是存在於虛擬桌面——也就是說其實存在於春雪的腦子裡，所以不可能因為這麼一遮就消失。反而因為客廳的光景與燈光被阻絕，讓即時影像視窗相對變得更加鮮明。

就在這個視窗的正中央，可以看到把鮮奶油霜似的泡沫在身上各個部位做出絕妙配置的倉崎楓子，正抬頭直視攝影機，露出滿臉笑容說：

『鴉同學，為防萬一，我還是先跟你說一聲……如果你敢趁我們洗澡的時候跑掉，後果你應該非～常清楚吧♡』

是是是是我我我當然清楚了！

春雪正要這麼回答……

『什、什、什麼～～～？』

一陣像是上個世紀少年漫畫中敵對人物似的喊聲，迴盪在鏡頭的另一頭。

『楓楓楓楓子，妳該不會和春雪用即時連線在通訊吧？』

『不用擔心啦，小幸。我已經用經過縝密計算的角度和障礙物把我遮得好好的♪』

楓子說得沒錯，待在視窗右側的她受到沐浴乳的泡沫與身體的角度遮掩，只露出了左手與背部。

但待在楓子前面，似乎正請她幫忙洗頭的黑雪公主，則不知道該不該說真不愧是把所有加成都灌進攻擊的黑之王，採用了完全沒有防備的不防禦戰法……

『那、那、那我怎麼辦？』

黑雪公主大聲嚷著的同時，用雙手抱住自己的身體，但這個動作卻讓原本就薄弱的泡沫裝甲變得更加薄弱，春雪自然在腦海中大喊學姊不可以我們還是國中生，同時想撇開臉去，但視窗當然也會跟上，所以他的努力是白費工夫，莫名地就是沒想到最簡單的答案——只要用遮住眼睛的手去切斷連線，或是把視窗最小化就好——

『……喝啊！』

黑雪公主的右手突然像Black Lotus使出突刺技似的一閃，擲出的大團泡沫厚實地遮住浴室天花板上的攝影機。

春雪儘管對染成一片全白的視窗覺得惋惜而凝視，耳邊就聽到軍團長說話的聲音。

『……春雪。』

『……有、有！』

春雪戰戰兢兢地這麼一應聲，就聽到她以更加溫和的語氣說：

『請你在我們洗完澡之前，準備三條直連用的傳輸線和緊急斷線用的分享器。看樣子今晚的特訓會很漫長。』

要準備緊急斷線，也就表示要連上的不是正規對戰空間，而是無限制中立空間。遇到這種情形，「會很漫長」這句話當中的含意就會變得極為駭人。舉例來說，就像在宇宙背景的科幻片裡，搭上超光速太空船的船員看著故鄉的星星，喃喃說：「這次的旅行會很漫長……」的那種漫長。

『學……學姊說漫長，大概是多長……』

春雪還不認命地這麼一問，黑雪公主就若無其事地回答：

『要長到讓你把剛剛的即時畫面忘得一乾二淨。』

2

黑雪公主用浴巾按在頭髮上走進客廳，依序看了看玻璃茶几上備妥的三條XSB傳輸線與小型的分享器，以及春雪恭恭敬敬遞來的礦泉水水杯，點點頭說了聲：「唔」。

她接過水杯，輕輕碰響杯中的冰塊把水喝完。春雪在她面前保持立正姿勢，但還是忍不住頻頻瞥向剛洗完澡的軍團長。

這件暖灰色的睡衣，是在一個月前突發性過夜那天，在大樓附屬的購物商場買的。當時她明明不滿地說：「沒有黑色」，今天卻似乎特意帶了這件睡衣來。由於上身是短袖，褲子只到膝蓋，血行順暢之下染成櫻花色的肌膚，和睡衣的灰色構成了一種實在太鮮明的對比。

……也不知道是不是被這樣的念頭觸發，先前的即時畫面眼看又要一幅一幅在腦中播放的瞬間，黑雪公主將只剩冰塊的杯子抵在春雪臉頰上。

「噗啊啊！」

接著更以必殺的「極凍黑雪式微笑」在跳了起來的春雪身上轟個正著。

「不快點忘掉該忘的事情，連進無限制空間的時間可會長得等不完喔，春雪？」

「呃、呃，0G訓練不用再練了嗎？」

「因為練那個會暈……不是，是因為我不喜歡背景的材質，下次再說。不然是怎樣，你是打算在無重力空間裡把剛才的記憶固定住？」

「哪、哪裡怎麼會呢！我會全部忘記，不對，我已經忘記了，完完全全忘記了！」

春雪一邊讓雙手與臉進行水平往返運動一邊呼喊，緊接著……

「哎呀，是這樣喔，鴉同學？你的意思也就是說，我真心給你的忠告，你也都忘記了？」

接著換成這樣幾句話迴盪在客廳裡，讓春雪當場全身僵住。他面對晚了一步從黑雪公主背後出現的楓子所發出「真空波Raker式微笑」拚命辯解：

「哪、哪哪哪裡，我沒忘！我記得，我完完全全記得！」

「……你說什麼？就衝著你這句話，我可要把特訓延長一個月囉？」

「不不不對，我不記得……不對，我沒忘……不對，這個……」

春雪雙手亂擺，秀了一手「超動搖春雪式恐慌」後……

兩名年長的女性突然噗嗤一笑，隨即轉為開懷大笑。對此春雪也做不出反應，只能一直僵在原地。

五分鐘後，春雪因為精神受到太龐大的負荷而陷入虛脫狀態，從離她們稍遠的地方，茫然看著楓子用吹風機幫黑雪公主吹頭髮的動作。

黑雪公主穿著款式簡單的灰色睡衣，相較之下，楓子穿的是淡藍色又裙襬搖曳的性感連身睡衣。由於她側坐在沙發上，讓一雙美腿從蕾絲邊的裙襬露出了六十五%左右。換是平常，春雪根本不敢直視，但現在他一邊想著反正自己處於思考停止狀態所以不要緊，一邊拜見這美到極點的景象……

「……啊……」

卻發現了一件事，忍不住小聲驚呼。

這次他真的趕緊移開視線，羞愧得抬不起頭，深深低頭懺悔。這不是因為看到了不該看的東西，而是正好相反。平常看到楓子的時候一定會看到的東西，現在卻不存在。那就是她註冊商標的過膝襪……

「沒關係的，鴉同學。」

忽然聽到這樣一句話，讓春雪全身一顫，但他就是不敢抬頭。

「可、可是……」

春雪低著頭，勉強說出這幾個字，立刻就聽到平靜的回答：

「今天我一開始就打算讓你看。所以，來，請你抬起頭來。」

「……」

春雪又猶豫了幾秒，這才戰戰兢兢地開始轉動視線。順著地毯上的條紋抵達沙發的邊角，再往左移動。過了一會兒，終於將兩條純白的腿納入視野之中。無論是腳趾上有著漂亮光澤的腳趾甲，微微突起的跖骨線條，都沒有任何不對勁的地方……但她這雙腿的構造卻與春雪和黑雪公主的腿不一樣，是以金屬和組織親和性奈米高分子材料做成的人造物品，也就是義足。

春雪的視線從腳沿著連身睡衣往上回溯，終於再度四目相對，楓子就以溫和到了極點的笑容迎接。

「請你再靠近一點。」

讓楓子梳著頭髮的黑雪公主，也以不同於往常的溫暖笑容催春雪照做。

春雪下定決心，從地毯上起身，用爬的來到兩人身前。當他再度坐倒在地板上，楓子也跟著停手，在沙發上挺直腰桿坐好。就在她做出這個動作的同時，春雪聽見了一陣平常幾乎都不會發現的小小驅動聲響。

「……雖然出力當中有八成左右都由人工肌肉纖維提供，但是只靠人工肌肉會很難做出精細的控制，所以現階段還是需要關節部分的伺服馬達……」

楓子說著這句話，指尖輕輕摸過膝蓋。

仔細一看，圓形的膝蓋骨上方約五公分處，有著一條很細的線繞了一圈。除此之外，幾乎完全看不出與活生生的腳有什麼分別。這條平常被過膝襪遮住的線，多半就是人體與義足的接合處，但皮膚的顏色與細微的陰影連續性，都精細得讓人看不出這條線以上是人體，以下則是機械。

「……好厲害。總覺得……好像藝術品一樣……怎麼說……我是覺得……既然這麼漂亮，應該沒有必要穿過膝襪……」

春雪這麼一說，楓子就嘻嘻一笑，用指尖劃過接合線以上的大腿部分。

「我之所以穿過膝襪，理由並不是為了遮掩義足，而是為了保護。其實啊，從這條線往上十五公分左右的部分，嚴格說來都不是我的身體。」

「咦……？」

「是用覆蓋奈米高分子皮膚的附加套筒，包住我本來的腳。這種零件已經在皮膚細胞層級上融合，所以連我自己也沒辦法拆掉套筒的部分。」

「本來的……腳。」

楓子對小聲複誦的春雪點點頭。

「以前我也稍微提過，我的下肢缺損，原因並不是意外或疾病，而是先天性的染色體異常。也就是說，我的雙親應該在懷孕的早期，就由醫師告知胎兒的殘障情形。」

這位年長女性述說這件事時的表情，看似與平常毫無分別，但說到最後幾個字時卻有一瞬間微微發顫。和她並肩坐著的黑雪公主往旁移動十公分左右，和她緊緊靠在一起，左手放到楓子右膝上。

楓子似乎受到這種肌膚接觸的鼓舞，又開始說下去：

「……照常理來說，下肢缺損是嚴重得應該考慮墮胎的殘障，我本來很有可能根本無法出生……而且聽說當時我的雙親也非常煩惱。想到這裡，我想應該要感謝雙親願意生下我吧。可是……從我很小的時候，一直到滿十六歲的今年，我心中就是一直插著一根刺，讓我恨我的父母。我就是忍不住會去想，為什麼……為什麼他們要生下我……」

「……」

春雪一時間想不到該說什麼才好，維持跪坐在地毯上的姿勢，用力握緊雙手。

所有超頻連線者內心深處，都各有各的「創傷」。BRAIN BURST程式就會以這些創傷為鑄模，塑造出對戰虛擬角色，所以虛擬角色的外型與能力當中，也就不可避免地會多少體現出創傷的樣貌。

楓子的分身Sky Raker最大的特徵，不是在於優美的女性型對戰虛擬角色本體，而是在於虛擬角色與生俱來的強化外裝「疾風推進器」。這是一種裝備在背上的流線型火箭推進器，儘管每次噴射的時間很短，但推力甚至足以壓過Silver Crow的飛行能力。

以前楓子將疾風推進器形容為「不完整的翅膀」。她認為自己在渴望天空的同時，卻又害怕天空，而就是這種心情讓她畫地自限，定出了二百五十公尺的絕對高度極限。

但實際上並非如此。這件事春雪與楓子是在赫密斯之索縱貫賽的尾聲，兩人一起去到軌道電梯的頂點時得知的。疾風推進器……不，應該說Sky Raker這個對戰虛擬角色，生來就不是為了在受到重力束縛的地表飛行……

「可是啊，鴉同學，這根刺……是你幫我拔掉的。」

春雪正沉浸在回憶中，就聽到這句輕柔的話語。

伺服馬達發出輕快的驅動聲，楓子下了沙發，膝蓋落在春雪面前。她以和血肉之軀的腳毫無分別的流暢動作轉為跪坐姿勢，伸出左手，以柔軟的手掌輕輕捧住春雪握得緊緊的拳頭。

「在赫密斯之索那場賽車的最後，你對我說的話……『Sky Raker本來是宇宙戰用的對戰虛擬角色』那句話，讓我總算注意到最重要的事。那就是……我帶著這雙長度只有常人一半以下的腳出生，這件事應該也有它的意義。」

「意義……」

「對。」

楓子點點頭，將左手從春雪不知不覺間放鬆的拳頭上拿開，用手掌摸摸自己的腳。

「相信我內心深處……在深得連我自己都沒辦法發現的地方，其實一直在追求。追求像我這樣的腳可以自然存在的世界。那就是……」

「……無重力環境……？」

春雪下意識接過楓子的話頭，說出這個字眼。眼前溫和的笑容上下點動。

「我長年來一直忘記，但其實在我還是國小低年級生的時候……在我當上超頻連線者之前，就曾經在附近的圖書館看過一本小小的紙張媒體（PM）書籍。由於那是一本給成年人看的科幻作品，漢字和術語都很艱澀，讓我看得很辛苦，但我靠著神經連結裝置的擴增實境註解功能，努力看了下去。因為這本書……描寫的是一群為了適應無重力環境，透過基因改良，把腳換成手而生的小孩。這讓我覺得自己好像也是他們當中的一員，不知不覺看得忘我……」

說到這裡，楓子的笑容變得有些悲傷。

「這本書非常舊，是在上個世紀發行的，當時還沒有加進年齡分級晶片，所以我才能夠看到。其實這是一本未滿十五歲兒童禁止閱讀的書，我看到一半就被圖書館管理員發現，當場就被沒收。我無論如何都想看下去，還想請爸媽買數位媒體（DM）版，但根本就沒在賣這本書……PM版也在不久之後就從圖書館撤走，我再也看不到了。」

雪白的手指就像翻動書頁似的，在膝蓋上輕輕比劃。

在春雪看來，所有小說、漫畫或動畫之類的作品，都是以數位資料的型態存在於網路上，所以很難想像會有「弄丟了而再也看不到的書」，但他莫名地覺得能夠理解楓子感受到的寂寞與懷念。

楓子抬起頭來，微微點了點頭，繼續說道：

「……這當然非常令人悲傷，但當時我還只是個小孩子，沒過多久就忘了這本書，到現在我連書名和作者都想不起來。可是……將來有一天自己也要去到無重力的世界這樣的願望，一定一直留在我心中。所以後來當我成了超頻連線者，程式才會拿連我自己都忘記的創傷與願望為鑄模，塑造出Sky Raker與疾風推進器。」

楓子頓了頓，轉身望向留在沙發上的軍團長。穿著睡衣的黑雪公主露出靜謐的表情直視她的好友，過了一會兒後無聲無息地站起，靠坐在楓子左邊。

楓子緊閉雙唇，過了好一會兒才微微放低聲調，繼續說道：

「……但因為我忘記了真正的心願，自我侷限了在加速世界應該要去追求的事物。要是我早一點發現我的虛擬角色所象徵的地方不是『天空』，而是更高的『太空』……要是我能夠相信遲早會來臨的『宇宙空間』而繼續等待，應該就不會讓小幸難過，也不會製造出造成軍團瓦解的導火線了……」

「楓子，這妳就錯了。」

黑雪公主忽然伸出雙手，輕輕抱住比她大了一歲的女性，打斷她的話頭：

「如果要歸咎責任，我和整個軍團的團員都有責任，因為我們從來就不去理解楓子長年來一直壓抑的這心願有多麼強烈。妳為了從重力的枷鎖中得到解放而升上8級，卻仍然未能碰到天空，最後甚至連虛擬角色的雙腳都想捨棄，這件事我應該要去理解，要去接受。但我卻不這麼做，而是想勸妳打消主意……因為我捨不得讓妳的戰鬥力降低。也不想想我自己就把『升上10級』這種獨善其身到了極點的願望，強加在團員身上……」

春雪當時還不是黑暗星雲的一員，甚至還不是超頻連線者，所以對當時的詳情只能推測。但他自認根據過去得到的片斷資訊，至少已經掌握了事實層面。

距今約兩年半前——二〇四四年的冬天，第一代黑暗星雲宣告瓦解。

造成這場悲劇的事情原委可說錯綜複雜。黑雪公主應楓子的要求，用她的劍砍斷Sky Raker的雙腳；又在緊接著召開的「七王會議」上，砍下提倡互不侵犯條約之必要性的Red Rider首級；更後來全軍團試圖攻略有「四神」展開絕對防線的「禁城」——這些事情並非互不相關。

就因為心中認為第一個扣下扳機的人是自己，楓子才會在回歸第二代黑暗星雲之後好一陣子，虛擬角色的雙腳仍然處於缺損狀態。本來部位缺損的損傷，都會在對戰結束的瞬間得到治癒。讓這種損傷永久化的，是楓子鑽牛角尖，以為自己沒有資格拿回雙腳的「負面心念」。換句話說，那無異於一種對自己施加的詛咒。

但當她在赫密斯之索的比賽中，以疾風推進器在最後抵達的星海中飛翔，就找回了自己的腳。束縛楓子兩年以上——如果把加速世界內的時間也算進去更是高達好幾倍——的詛咒終於解開了。所以……

「……失去的東西，只要慢慢找回來就好了。」

春雪不知不覺間喃喃說出這句話。

平常遇到這種受楓子與黑雪公主注視的場面，春雪都會一再退縮，什麼話都說不出來，但現在他卻拚命將心中的想法化為言語：

「就算迷惘、失去、犯錯……只要往回走個幾步，一定又會找到錯過的東西，然後再從這裡往前走就行了……因為不管是師父，還是四埜宮學妹，都回到了軍團裡。相信『四大元素』剩下的兩位，以及其他團員，也很快就會回到學姊身邊。我是這麼覺得……」

這段話絕對不算長，但春雪那無力的言語化引擎運轉到此已經過熱，垂下頭閉上了嘴。但不管等了幾秒，都等不到她們兩人的回應，讓春雪開始想著自己是不是又說錯話，正思索著是不是該大聲道歉然後狂奔進廁所避難……

「……真是的，鴉同學年紀明明比我們小，卻不時會讓大姊姊熱淚盈眶，這樣太賊了啦。」

聽到這麼一句話，讓春雪內心不明就裡地心想什麼叫做大姊姊，慢慢拉起視線。

這時楓子正好放下按在眼角的手指，表情轉眼間就變回一貫的Raker式微笑，接著更放棄跪坐姿勢，雙腳筆直伸向春雪。

從連身睡衣裙襬下伸出的雙腿之雪白……

「為了獎賞你，給你摸一下♡」

以及這句破壞力超強的台詞，輕而易舉就讓春雪的思考能力當場瓦解。

春雪既未發現狀況有多麼不自然，也沒注意到黑雪公主半翻白眼的視線，說了聲「好、好的」就讓右手手指慢慢前進。

當手指接觸到她那細得驚人的腳踝上方，這一瞬間春雪只覺得喘不過氣來。奈米高分子素材那壓倒性的柔順質感是不用說，柔和的溫暖更讓他大吃一驚。仔細想想，義足內部會持續把電池的電力轉換成熱量，所以會溫暖或許也是理所當然，但他怎麼想都不覺得這種「體溫」是義肢的溫度。

手指慢慢往上升。有高分子皮膚覆蓋的人工肌肉纖維所營造出來的彈力，也同樣極為自然，遠比春雪肥嘟嘟的雙腳更具有「鍛鍊過的肌肉」該有的彈性。從腳脛到膝蓋的接合部分，似乎是由多組馬達、齒輪與減震器組成，只有這裡有著較重的機械感。

手指一繞行到膝蓋後面，楓子就忍不住發出「嗯」的一聲，微微動了動腳，讓春雪震驚地以沙啞的嗓音問說：

「這、這個……這裡，有感覺嗎？」

「有。不過其實也只是感受得到概略的壓迫感，畢竟皮膚觸感感應器的科技還在研究階段。可是，像你這樣輕輕摸，就會覺得有點癢。」

「對、對不起。」

春雪趕緊道歉，就要縮手，但楓子按住他的手，笑嘻嘻地說：

「不要緊的。我希望鴉同學好好了解我的腳，請你儘管繼續。」

「……好、好的。」

春雪乖乖聽話，將手指放回人工皮膚上。

從膝蓋後面，繞到圓形的膝蓋骨上半，一路摸到細細的接合線。從這裡以下的部分，完全是人工義肢。但照楓子的說法，線以上也有一部分是兼作套筒的接合零件，而且奈米高分子皮膚和本來的皮膚已經在細胞層級融合。

但從外觀上完全看不出到底到哪裡還是高分子皮膚。儘管一邊感嘆最尖端模控學科技的先進，一邊輕輕撫過苗條的大腿部分。從接合線往上五公分、十公分……上升到了十五公分上方，離連身睡衣裙襬已經相當接近之處的那一瞬間……

「啊……」

楓子又發出輕微的叫聲，整隻腳忽然顫動伸縮。

「從、從這邊以上就是我本來的皮膚了。人體原有的感應器果然不簡單……接觸的感覺完全不一樣……」

「咦……這、這裡才是界線？從觸感跟外觀都完全分辨不出來啊，真的都融合在一起了呢……」

「嗯、鴉、鴉同學，你摸這麼用力會癢……」

這時左臉頰忽然傳來一陣被人用力扭住的感覺，讓春雪立刻把手指從楓子腳上拿開，整個人跳了起來。

「好鬨鬨鬨鬨啊啊啊！」

「你・要・摸・到・何・時・啊？」

喊出這句話的，當然就是右手用力捏著春雪臉頰拉扯的黑雪公主。

「一般人頂多輕輕碰一下就會停手了好不好？楓子妳也是，為什麼讓他摸妳的腳會是獎賞？」

「哎呀，因為紅色軍團的Pard告訴過我，說鴉同學好像對美腿沒有抵抗力啊。」

「……妳說什麼？」

就在黑雪公主發出危險聲調的同時，春雪儘管左臉頰被拎起，仍然小小跳了起來解釋：

「這、這、這是誤會啊！我絕對沒有什麼戀足癖啊！」

「姑且不論情報真假，為什麼Blood Leopard會知道這種事？」

「我、我、我哪知道啊？Pard小姐只是讓我騎在她機車後座還有虛擬角色背上而已啊。」

春雪忘我地抗辯到這裡，這一瞬間，不只是黑雪公主，連楓子的眼睛都忽然變得冰冷。他還來不及想到大事不妙……

「對了楓子，記得我們還有非做不可的事情啊。」

「就是啊，小幸。我們都忘了要在無限制空間幫鴉同學特訓的任務呢。」

春雪被她們從兩邊牢牢架住，一路拖到玻璃茶几前面。

「這、這個，時候不早了，而且明天還要上學。」

「這不成問題。功課不是早就寫完了嗎？」

「可、可是，還得進行宇宙空間用的特訓。」

「不用在意，這種事情大可以後再練。」

「可、可是，就寢時間差不多……」

「不用擔心，春雪，無限制空間的夜晚長得很呢。」

黑雪公主一說完，就將傳輸線插上春雪的神經連結裝置。剩下的兩條也都迅速插到兩人的裝置上，讓桌上的分享器亮起三個指示燈。

「那我倒數五秒就開始囉？鴉同學，你每遲到一分鐘，特訓等級就會提升一級喔♡」

聽楓子以比先前更加溫和的笑容這麼宣告，春雪自然不能只有自己不唸出指令而逃走。軍團的正副團長從左右架住冷汗直流的春雪，齊聲開始倒數。

「5、4、3、2、1……」

「「「無限超頻！」」」

春雪配合時機喊出指令的同時，心中卻想著一個念頭。

——但願「宇宙」空間快點上線。到時候我就可以和師父組成搭檔，靠疾風推進器的推進力和Silver Crow的迴旋機動性組合勢如破竹地連戰連勝。我再也不會讓任何人取笑師父是「伊卡洛斯」。因為師父的……Sky Raker那閃耀著天藍色光輝的翅膀，終於飛到了。

飛到她比誰都更加盼望的繁星世界——

（完）

Kadokawa Light Novels

.hack//G.U. 1~4（完）

Kadokawa Fantastic Novels

作者：浜崎達也　插畫：森田柚花

追尋最終的敵人歐凡，
長谷雄的冒險劃下句點！

在網路遊戲「THE WORLD」中，陸續發生了玩家昏迷的異常現象，其原因是寄生於碑文使歐凡左手臂上的病毒AIDA。而過去曾一同並肩作戰的歐凡，正是奪走長谷雄最愛的女孩「志乃」的元兇。歐凡真正的意圖究竟為何!?長谷雄的故事終於邁向完結！

台湾角川

各 **NT$180~240/HK$50~68**

Kadokawa Light Novels

驚爆危機ANOTHER 1 待續

Kadokawa Fantastic Novels

作者：大黑尚人　插畫：四季童子

科幻動作頂尖作品《驚爆危機》
其新故事終於展開行動！

市之瀨達哉是個普通的高中生。某天，突然有架失控的AS攻擊他。就在他覺得「死定了！」的瞬間，神祕的美少女雅德莉娜現身相救，但仍然徒勞而敗。達哉為了保護雅德莉娜及妹妹，毅然坐上完全沒接觸過的AS。他的命運，就此大幅改變——

NT$180/HK$50

台湾角川

Kadokawa Light Novels

驚爆危機 1~23

Kadokawa Fantastic Novels

作者：賀東招二　插畫：四季童子

集合吧！同志們！
在肉墊的羈絆下奮戰吧!!

千鳥要等人抵達會場時，放眼望去都是斑斑鼠！其數量約三百隻!!與各式各樣的斑斑鼠們唔姆唔地交流也只是短暫的溫馨時光，突然間，三萬名暴徒揮舞釘棒與鐵管，大喊著「呀哈！」闖進來企圖壓制全場!?三萬人VS三百隻斑斑鼠的壯烈戰役就此展開——!!

各 **NT$160~240/HK$45~68**

台湾角川

©TSUTOMU SATO 2012

Kadokawa Light Novels

魔法科高中的劣等生 1~5 待續

Kadokawa Fantastic Novels

作者：佐島 勤　插畫：石田可奈

魔法科高中生們的小插曲
在此全數大公開！

《魔法科高中的劣等生》這一集是特別篇！內容一共收錄了包含全新撰寫的短篇在內的六個章節！穗香、森崎、將輝、吉祥寺、真由美、達也、深雪……等，這些登場人物們將展現與平時完全不同的另一面，絕對能讓您感到耳目一新！

各 **NT$180~280/HK$50~76**

台湾角川

國家圖書館出版品預行編目資料

加速世界. 12, 紅色徽章 / 川原礫作；邱鍾仁譯. --
初版. -- 臺北市：臺灣國際角川, 2013.03
面； 公分. -- (Kadokawa fantastic novels)

譯自：アクセル.ワールド. 12, 赤の紋章
ISBN 978-986-325-237-5(平裝)

861.57 101027951

Kadokawa
Fantastic
Novels

加速世界 12
紅色徽章

（原著名：アクセル・ワールド12 —赤の紋章—）

２０１３年３月15日　初版第１刷發行
２０２２年７月25日　初版第６刷發行

作　者：川原　礫
插　畫：HIMA
日版設計：BEE-PEE
譯　者：邱鍾仁

發行人：岩崎剛人
總編輯：蔡佩芬
副總編輯：朱哲成
美術設計：吳佳昫
印　務：李明修（主任）、張加恩（主任）、張凱棋

發行所：台灣角川股份有限公司
地　址：１０４台北市中山區松江路２２３號３樓
電　話：（02）2515-3000
傳　真：（02）2515-0033
網　址：www.kadokawa.com.tw
劃撥帳戶：台灣角川股份有限公司
劃撥帳號：19487412
法律顧問：有澤法律事務所
製　版：尚騰印刷事業有限公司
ＩＳＢＮ：978-986-325-237-5